Sommer in der Stadt

Erzählungen

Sommer in der Stadt

Erzählungen

von

Patrick Michael Nitti

Copyright: Alle Rechte liegen bei Patrick Michael Nitti
         Mai 2003

Layout: Oliver Harjung, Marc Nitti

Druck: Books on Demand GmbH, Nordertstedt

ISBN: 3-8330-0735-4

Für sie

Inhalt:

Es gibt viele Glücksbringer, wie Hufeisen und
Kaminkehrer oder vierblättrige Kleeblätter.
Auch Unglücksbringer, wie Spinnen am Morgen usw.
Manche glauben an solche Sachen,
andere natürlich nicht.

Auch kleine Schmetterlinge sollen Glücksbringer sein.

Glück, Unglück oder auch nicht?

Vielleicht ist es ja doch so?

Der Sommer in der Stadt

Dieses Jahr war es ein besonders heißer Sommer mit ungewöhnlich wenig Regen.
Gegen Ende des Sommers hat es dann doch geregnet, sogar ziemlich heftig.
Doch der hatte auch wieder aufgehört.

Der Sommer kam in diesem Jahr ziemlich plötzlich, denn der Frühling war sehr kühl, einem kalten Winter folgend.
Die Sonne kam hervor und es wurde auf einmal warm.

Und er wusste, der Sommer war wieder in der Stadt.

Wenn es heiß ist in der Stadt, ist es anders als irgendwo außerhalb am See oder gar am Meer.
Es ist nicht die Hitze als solche, die anders ist.
Es ist auch nicht wärmer.
Es ist vielmehr die Atmosphäre, die in der Stadt zu spüren ist.

Die Luft ist anders. Auch der Geruch ist anders.
Wenn es heiß ist, scheint man die Stadt riechen zu können: die Abgase, die Blätter der Bäume, die Pollen aus dem Park, nicht zuletzt die Abfälle.
Sie liegen deutlicher in der Luft bei warmen Wetter.
Die Sonne und die Hitze ist zu spüren, wie ein Stück Natur.

Als ob die Stadt mit ihren vielen Straßen und Häusern und Autos und Gebäuden selbst ein Teil der Natur geworden ist.

Selbst der Geruch der Pizza- oder Kebabverkäufer ist
deutlicher zu riechen. Sonst nur am Rande wahrnehmbar,
beim Vorbeigehen an deren Restaurants oder Imbissbuden.
Nun ist der Geruch dicht und intensiv.
Manchmal sogar anregend und lebendig.

Sogar ein Hauch von Chlor liegt in der Luft, der von den
vielen öffentlichen Schwimmbädern hinaus
getragen wird.
Auch liegt eine gewisse Trägheit in der Luft, natürlich weil
die Leute versuchen die Sonne zu erleben.
Man bewegt sich langsamer.
Man bewegt sich weniger, man bewegt sich trotz Hitze
soger leichter.
Vielleicht sind viele auch einfach gut gelaunter, weil das
Wetter so schön ist und zeigen sich so weniger hektisch
oder weniger aggressiv.

Auch ist es viel ruhiger, als ob weniger Verkehr wäre.
Natürlich ist die Stadt auch leerer im Sommer, weil zum
großen Teil Sommerferien sind und viele in
Urlaub fahren.
Es ist mehr eine Art Nonchalance, die zu spüren ist.
Etwas Ruhiges liegt in der Atmosphäre, auch wenn die Luft
manchmal schwerer zu atmen ist.
Die Autoabgase aus den Auspuffen, die sich in der Sonne
spiegeln sind durch die Hitze erkennbar geworden.
Es scheint, als ob es sich jedesmal um eine kleine
verschwommene Fata Morgana handeln würde.

Auch die Geräusche sind dumpfer, das Hupen der Autos
klingt weiter entfernt, auch irgendwie unterdrückter,
irgendwie angenehmer.

Das Zwitschern der Vögel oder die Farben eines
Schmetterlings; es wirkt alles intensiver.

Die Stimmen der Kinder sind zu hören, die einem sonst nicht auffallen.

Natürlich sind auch die Cafes voll und die Leute schlendern auf den Straßen. Sie schlendern, sonst rennen sie.

Liebe und Zweisamkeit sind die Gefühle, die den Sommer am meisten prägen.
So scheinen sich im Sommer auch mehr Paare zu treffen und zu finden, denn wie gesagt, etwas liegt in der Luft.

Auch die Wolken am Himmel sind weiter weg als sonst, die Sonnenstrahlen nicht hindernd.

Als ob ein Stillstand eingetreten wäre. Die Welt scheint stehen geblieben zu sein.
Nicht negativ gesehen, einfach still in sich abgeschlossen.
In sich selbst ruhend.

Als ob das Leben nicht mehr weitergehen müsste, in seiner Fülle der Verpflichtungen und Sorgen..

In dieser Atmosphäre der Ruhe scheinen auch keine Schicksale zum Tragen zu kommen, Entscheidungen nicht getroffen zu werden.

Ein Kosmos der Ruhe ist entstanden.

Selbst wenn Gewitterwolken aufziehen, und mögen sie noch so bedrohlich wirken, die Ruhe des Sommers scheint nicht durchbrechbar zu sein.

Der Sommer der Ruhe und Sorglosigkeit!?

Weniger steht der Sommer für Sorge, Veränderung und Aufbruch, sondern für Geborgenheit, Sinnlichkeit und Glück.

Was würde dieser Sommer wohl bringen?

Jedenfalls wusste er, der Sommer war wieder in der Stadt.

Der Sommer der Schmetterlinge

Vielleicht war es auch nur Zufall, vielleicht war es auch wirklich so, aber ich habe nie wieder so viele Schmetterlinge gesehen, wie damals in jenem Sommer.

Es hatte schon viele Sommer gegeben, manche warm, manche regnerisch, manche
lustiger, manche weniger lustig, aber dieser war anders als alle anderen. Anders als all die, die vergangen waren, anders als die, die noch kommen sollten.

Jedenfalls war es der Sommer der Schmetterlinge.

Es war bald wieder Ferienzeit gewesen. Große Sommerferien.

Nur noch ein paar Wochen.

Der Sommer hatte gerade angefangen.
Überall war Ferienzeit in der Luft.

Wir waren sorgenfrei, das Jahr war so gut wie bestanden
Schöne Tage sollten vor uns liegen.

Es war nicht immer viel los. Meistens war ich mit der Schule beschäftigt.
Aber jetzt, am Ende des Jahres, konnten wir uns wieder alle treffen.
Es war schöner, die Ferien zu Hause zu verbringen, als wegzufahren.

An einem Tag, wie immer, war ich am Nachmittag auf Besuch beim Stanislaus Miroslaus. Er war ein Freund von mir. Alle nannten ihn so. Ich habe keine Ahnung warum. Aber vielleicht hieß er einfach nur so.
Aber ich kann mich erinnern, seine Mutter hat den Papst immer sehr verehrt. Sein Vater, ich kann mich sehr gut erinnern, beschäftigte sich manchmal anderweitig. Immer, wenn seine Frau nicht da war, spielte er Super-8-Filme in seinem Schlafzimmer.

Aber dazu vielleicht ein andermal! Dieser Stanislaus spielte jedenfalls Saxofon, das heißt, er spielte es eigentlich nicht, vielmehr besaß er es einfach. Die Töne kamen, wenn sie kamen, auch nur ziemlich schief.

Ich dagegen spielte Gitarre, auch nicht so gut. Oft trafen wir uns, meist bei ihm, um Musik zu machen. (Als ich dann mit meiner E-Gitarre ankam, streikten aber seine Eltern).

Wir gingen außerdem gerne zu ihm, weil es dort immer so gute Sachen zum Essen gab. Er war auch ein bisschen dick. Bei mir daheim, ohne meiner Mutter zu nahe zu treten, gab es nie so gute Sachen!

Er hatte eine kleine Schwester, sie war ein Jahr jünger als wir. Sie besuchte ein anderes Gymnasium.
Wir haben sie meist nicht übermäßig beachtet. Sie war ja auch nur die kleine Schwester.

Wenn wir nicht gerade Musik machten, spielten wir mit unseren Mofas rum. Ich glaube, man musste einen Nylonstrumpf zwischen Auspuff und Vergaser stecken, dann kamen gleich 5kmh mehr heraus. Ich glaube, es hatte nie funktioniert.

Desöfteren hatten wir Wein aus dem Keller vom Nachbarn geklaut. Wenn wir dann keinen Korkenzieher hatten, haben wir den Korken irgendwie in die Flasche gedrückt. Es gab dann immer eine Sauerei!

Manchmal sind wir auch beim Max gesessen, seine Eltern hatten ein kleines Häuschen, ein bisschen außerhalb der Stadt. Wir wohnten alle in der Stadtmitte.

Dort haben wir dann im Garten geraucht und dem Nachbarn mit Wasser gefüllte Kondome auf die Terrasse geschmissen.
Die Nachbarn hießen Schwertfeger, kann ich mich erinnern, sie waren von seinen Eltern hoch angesehene Leute.

Wenn die Schwertfegers ankamen, war es dann immer Herr und Frau Schwertfeger hoch und runter. Keine Ahnung warum, aber vielleicht waren sie irgendwie wichtige Leute. Aber deswegen haben wir sie auch mit Kondomen beschmissen.

Da war auch die alte Truhe seines Vaters. Eine antike Truhe; der Max hatte sich mal daraufgesetzt! Sie ist dann zusammengebrochen. Er hatte seinen Eltern erzählt, dass es die Schwertfegers waren.

Sie seien rübergekommen, um sich etwas zu borgen, und haben sich dann auf die Truhe gesetzt.
Die ist dann durchgebrochen, daraufhin seien sie gegangen.
Er schwöre bei Gott.

Ich weiß nicht, ob sie es ihm abgenommen haben.

Der Max, er war ein bisschen älter als wir, hatte auch schon eine Freundin .
Sie hieß Susi und war doof.

Ich weiß nicht wieso, aber irgenwie war sie es. Hatte der Max irgend einen blöden Witz gemacht, hatte sie sich immer gleich totgelacht, im übrigen immer bei der falschen Pointe.
Außerdem hatte ihr blödes Rumgeknutsche irgendwie genervt, und besonders, wenn er seiner „Maus" immer einen Klaps auf den Hintern gab und sie dann natürlich immer in lautes Gelächter ausbrach.

Dann hat er immer erzählt, wie toll er es mit ihr getrieben hatte.

Die anderen hatten ihm immer ganz bewundernd zugehört. Der Klaps auf den Hintern löste sowieso immer die größte Bewunderung aus.

Da gab es auch den Moritz, der war auch immer dabei, der war aber ein bisschen seltsam, der hatte immer französische Espandrillos an und trug gestreifte Hemden und hörte dabei Walmusik. Er dachte, in Wirklichkeit sei er ein Franzose. Das heißt, ich weiß nicht, ob Franzosen Walmusik hören. Aber er tat es jedenfalls.

Jedenfalls weiß ich, dass es ein heißer Sommer war. Wir hatten fast jeden Tag hitzefrei.
Nicht wie sonst immer diese verregneten Sommer, sondern ein wirklich heißer Sommer.

Ja, die Mädchen hatten uns schon interessiert, aber außer dem Max hatte noch keiner eine Freundin. Wir waren damals auf einer Jungsschule, so war es ein bisschen schwer.

Aber da war ja Stanislaus` Schwester. Eine gute Adresse um ihre Freundinnen kennenzulernen, obwohl, da war ja nie eine gescheite dabei.

Aber es war eigentlich auch nicht so schlimm, wir hatten unsere Gitarre, unser Saxofon, den Wein unseres Nachbarn, unsere Mofas, Zigaretten, schönes Wetter, die Schwertfegers.

So verbrachten wir unsere Tage.

Also, nochmals zu Stanislaus Miroslaus` Schwester! Unsere Kontaktadresse!

An einem Abend hat sie uns auf eine Party ihrer Klassenkameradinnen eingeladen.

Und ich konnte es kaum glauben!
Auf dieser Party, an dem Abend, traf ich ein Mädchen.

Das heißt, wir hatte nur ein paar schüchterne Worte gewechselt, vielmehr hatte *ich* nur schüchterne Worte gewechselt, das heißt, eigentlich nur ein Wort.

„ Hallo" , sagte ich, als ich auf sie zuging, nachdem ich sie schon eine halbe Stunde beobachtet habe.

„ Hallo" , sagte sie, lächelte mich an und verschwand in der Menge.

Ich habe noch nie zuvor ein so schönes Mädchen gesehen.

Ich habe sie an dem Abend dann nicht mehr gesehen.
Ich hätte es mir gewünscht.

Doch niemand hatte sie gekannt.

Ich werde nie vergessen, wie sie mich mit ihren großen braunen Augen anblickte. Es war doch unmöglich, dass ich ihr gefallen haben könnte?

Aber ich würde sie wohl eh nie mehr sehen!

Der Max hat dann wieder mit der Susi geknutscht.
Der Stanislaus trank mal wieder zuviel.

Also, eine Party, wie gewohnt!

Am nächsten Tag gingen wir nach der Schule wieder Mofafahren.

Die gute Nachricht des Tages: Keiner von uns würde sitzenbleiben.

Jedes Jahr dasselbe.
Einen Grund, den Nachbarn aufzusuchen!

Tage darauf gingen wir wieder Gitarrespielen, das heißt, ich besuchte meinen Freund Stanislaus.
Vielleicht gäbe es auch wieder was Gutes zum Essen.

Seine Schwester war im anderen Zimmer.
Sie hatte Besuch.
Ich konnte es kaum glauben, es war das Mädchen mit den braunen Augen von der Party von neulich.

Von allen Zufällen im Leben, saß das Mädchen, in das ich mich fast verliebt hatte, im Zimmer der Schwester von meinem Freund Stanislaus.

„ Hallo, wie geht's? Kennst Du mich noch? Ich wusste nicht, dass Du die Katya kennst!", traute ich mich sie anzusprechen, als ich sie im Zimmer dort sitzen sah.

Sie hatten dort in Schallplatten gekramt.

„ Aber natürlich kenne ich Dich noch. Ich gehe mit der Katya in die gleiche Klasse. Sie hat mir erzählt, dass Du ein Freund ihres Bruders bist", erwiderte sie.

Das gibt es doch nicht. Sie hatte sich sogar nach mir erkundigt!

„ Wir können doch alle zusammen mal was machen", schlug sie vor.

„ Aber natürlich. Ich würde mich total freuen" , sagte ich.

Die Schwester lud eine weitere Feundin ein und auf einmal war Schluss mit schlechter Saxofonmusik. Auf einmal waren wir alle für die nächste Tage zusammen unterwegs.

 Das hätte ich nie gedacht.

Wir waren schwimmen im Schwimmbad, meistens im Schwimmbad bei der alten Villa, und sind manchmal auch an den See rausgefahren.
Der Max, der auch mitkam, der etwas älter war als wir, hatte schon den Führerschein.

Ich wusste nicht, ob auch ich ihr gefallen würde, aber irgendwie hatte ich schon den Eindruck.
Wir waren nicht sehr erfahren mit Mädchen, bis auf die Super-8-Filme von Stanislaus` Vater.

Aber ich hatte das Gefühl, sie hatte mich gerne, jedenfalls war sie beim Schwimmen immer in meiner Nähe, auch so, dass wir uns berührten, wenn wir Ball spielten und so.
Wir hatten im Schwimmbad immer Kämpfe ausgetragen, das heißt, einer hatte sich im Wasser auf die Schultern des

anderen gesetzt und mit dem anderen Paar gerauft, bis einer dann von den Schultern ins Wasser fiel.
Sie saß immer auf meiner Schulter.

Es war einfach schön, sie bei mir zu spüren. Auch einfach ihre Haut zu spüren, wenn sie im Wasser auf mir saß.

Ich weiß nicht, ob die anderen es gemerkt hatten, aber ich glaube, sie gehörte zu mir.
Die Tage waren sonst lustig gewesen. Aber sie waren immer irgendwie gleich und auf einmal war jeder Tag, an dem ich sie sah, wie ein Erlebnis.

Sie hieß Lisa. Sie war erst vor kurzem hergezogen. Wie sie erzählte, schien sie sehr oft mit ihren Eltern umzuziehen. Sie war auch erst ein paar Monate in der Klasse der Schwester, deswegen hatte ich sie auch noch nie gesehen.

Ich hatte eigentlich gar keine Lust mehr, die anderen zu treffen. Nur sie zu sehen hätte mir genügt.

Dann haben wir uns auch das erste mal alleine verabredet.
Wir waren Fahrrad gefahren.

Und ich kann mich noch erinnern, wie sie sich gefreut hatte, als ich ihr ein kleines Steinchen geschenkt hatte. Es hatte die Form eines Herzchens.

Auch über den roten Wooliwurm hatte sie sich riesig gefreut.
Dafür gab es dann auch das erste Küsschen auf die Wange.
Beim Spazierengehen durfte ich auch immer ihre Hand halten.
Wir waren auch mal zusammen am See.
Dort ist mir dann was Blödes passiert.

Ein kleiner Junge hatte ein ferngesteuertes Segelschiff und irgendwie war wohl die Fernsteuerung kaputt gewesen.
Das Segelschiff fuhr immer weiter hinaus in den See.
Der kleine Junge hantierte verzweifelt an seiner Fernsteuerung, aber das Schiff kehrte nicht zurück.
Also sprang ich ins Wasser und schwamm dem Segelboot hinterher.

Natürlich auch, um vor ihr ein bisschen anzugeben.
Ich hatte aber nicht gemerkt, dass das Boot immer weiter in den See hinaus fuhr und ich mich auf einmal in der Mitte des Sees befand, völlig außer Kraft und Atem. Es war nämlich ein großer See.

Doch ich hatte Glück, es kam ein Boot vorbei.

Mit kräftigen Zügen eilten sie herbei in dem kleinen Ruderboot.
Die Aschenbrenners!
Mr. Aschenbrenner an den Paddeln. Mrs. Aschenbrenner vorne an der Spitze des Bootes.
Sie trug ein hellrosanes Kostüm und er eine weiße Hose und ein blaues Jacket mit einem Anker darauf, fast als wären sie auf einer Jacht.
Sie hatten mich in ihr Boot gehievt und mich wohl vor dem Ertrinken gerettet.

Mr. und Mrs. Aschenbrenner aus Elgin, Illinois.
Wohl passionierte Ruderbootfahrer!
Sie kamen jedes Jahr hierher, wie sie sagten.

Er war Trainer von den Elgin Maroons.
Ich habe aber vergessen, was die Elgin Maroons spielten, wohl Baseball oder Basketball oder Football oder so.
Sie hatten uns, damals nach meiner Rettung, noch auf etwas zum Trinken eingeladen.

Ich war ihnen wirklich dankbar.

Mr. Aschenbrenner hatte mir sogar noch eine Schachtel
Zigaretten geschenkt.
Im Paket fehlte nur eine Zigarette.
Wie er meinte, die Letzte, die er rauchen wollte.

Sie hatten gemeint, dass, wenn wir mal in Elgin wären,
könten wir gerne bei ihnen vorbeikommen.

Aber wir glaubten dies eigentlich weniger.

Ich hätte ihnen wohl mal etwas schicken sollen. Ein
Dankeschön und ein paar Blümchen, wenigstens eine
Postkarte.
Immerhin hatten sie mich aus dem Wasser gefischt.

Aber, nun ja...

Jedenfalls war sie froh, mich mit den Aschenbrenners
wieder heil an Land zu sehen.

Ich wusste, ich hatte mich in sie verliebt.

Jedenfalls war es mit ihr so anders als beim Max und seiner
Susi!

So ging es ein paar Wochen lang. Ich habe sie immer
abgeholt und auch nach Hause gebracht, es war so, als ob
wir zusammengehörten.

Einmal, als ich sie nach Hause brachte, traf ich auch ihren
Vater.
Er war sehr freundlich gewesen, als ich mich vorgestellt
hatte, und er erlaubte mir auch, weiterhin seine Tochter
abzuholen.

Er war wohl nicht älter als fünfundvierzig , aber sah irgendwie viel älter aus. Er hatte tiefe Augenringe und sah sehr schlecht aus; so, als ob er nie sehr viel schlafen würde.

Doch dann begannen endlich die Ferien.

Sie musste mit ihren Eltern zwei Wochen wegfahren.

Am Abend davor habe ich sie nach Hause gebracht. Wir haben uns vor ihrer Eingangstür verabschiedet.

„ Auf Wiedersehen. Ich sehe Dich doch dann in zwei Wochen."

„ Aber sicher doch", erwiderte sie.

Ich streichelte ihren Arm.

Dann spitzte ich meinen Mund und küsste sie auf die Wange.
Ich war unsicher und merkte, wie mein Herz anfing zu schlagen, doch sie küsste mich zurück auf die Wange.

Der Kuss von ihr fühlte sich so zart, wie er leicht meine Backe berührte.
Es ging mir durch und durch, ob ich es wagen sollte, doch dann spitzte ich meinen Mund, schloss meine Augen und gab ihr einen Kuss auf den Mund.

Sie hatte sich nicht abgedreht, sondern wie ich glaube, den Kuss erwidert.
Wieder hatte ich das Gefühl von einer großen Zartheit, von einem Gefühl, das nur durch die leichte Berührung ihrer Lippen und einem leichten Streicheln meines Armes ganz durch mich ging.

Der kurze Kuss war das Schönste, das mir in meinem ganzen Leben passiert ist.

Sie winkte mir nach, als ich langsam ging.
„ Ich schick Dir auch eine Karte."

Ich war an dem Abend so glücklich,
doch auch irgendwie aufgewühlt und aufgeregt wie noch nie zuvor.

Am nächsten Tag machte ich mich wieder auf, zu meinen Freunden.

Wir fuhren raus zum See, doch irgendwie hatte ich keine Lust mehr, mit den anderen rumzutollen.
Ich dachte nur an Lisa.

Nach Tagen war das Gefühl immer schlimmer.

Ich hatte angefangen, sie zu vermissen. Ich habe in meinem Leben bis jetzt noch nie ein Gefühl des Vermissens erlebt, aber ich vermisste sie wirklich.

Es war wie eine Qual, eine plötzliche Angst, sie vielleicht nicht mehr wiederzusehen. Nachts habe ich mein Kissen gehalten und gedrückt, und mir so sehr gewünscht sie zu drücken, und dann kam immer wieder die Angst, sie würde mich vielleicht nicht so gerne haben, wie ich sie.

Hatte ich mich denn wirklich verliebt? Konnte das denn so schnell gehen?

Die einen spielten wieder Fußball . Der andere hatte wieder mit seiner Susi wild um sich geknutscht, und wieder erzählt, wie wild er es am Abend zuvor getrieben hatte.

Doch ich spürte kein Verlangen nach einer wilden Knutscherei. Ich wollte nur ihre Lippen leicht an meinen spüren. Und sie ganz fest an mich halten.

Ich hatte niemanden von meinen Gefühlen berichtet: ich hatte das Gefühl, keiner hätte es verstanden.
Auch nicht der alte Stanislaus. Der war mehr beschäftigt mit seinem blöden Mofa, das er nie in der Lage war, richtig aufzufrisieren.

Der Max erzählte immer wieder von seinen Abenteuern mit seiner Susi

„ Die hat vielleicht Titten, Mann."

An einem Tag, so erzählte es jedenfalls meine Mutter, lag der Stanislaus früh am Eingang unseres Hauses vor den Briefkästen und schlief, als sie die Post holen wollte.
Sie stupste ihn an, dann wachte er auf.
Er hatte mich besuchen wollen und sei dann, als er sich vor dem Klingeln kurz ausgeruht hatte, eingeschlafen. Er könne es sich selbst nicht erklären.

Er sei dann schnell wieder verschwunden, erzählte meine Mutter.

Ja, Stanislaus und das viele Bier!

Es kam mir auf einmal alles so kindisch vor.

Jung waren wir gewesen.
Ich glaube, ich war sechzehn geworden. Ein junges Alter, doch wir fühlten uns schon so erwachsen!
Wir hatten geprahlt, wie lange wir uns schon kannten, fünf Jahre klangen für uns wie das halbe Leben.
Wir hatten dann immer gezählt:

„ Ich kenne Dich schon seit der siebten Klasse, achten Klasse, neunten Klasse, neunten Klasse, zehnten Klasse."

Doch ich vermisste sie von Tag zu Tag mehr. Eine Karte habe ich jeden Tag vergeblich im Briefkasten gesucht. Doch nie ist eine gekommen.

Hat sie mich doch vergessen?

So frustete ich mich von Tag zu Tag. Die anderen hatte ich auch nicht mehr so oft gesehen.
Ich bin auch einmal alleine an den See gefahren, den mit dem kleinen Segelboot, und habe mich an den Steg gesetzt. Eigentlich immer nur an sie denkend.

Ihr kleine Nase und ihr braunen Haare. Ihre kleinen Füße und an ihre unendliche Weiblichkeit.

Und trotzdem war sie nicht wie so viele von den anderen so aufgeblasenen jungen Mädchen. Weder spielte sie die Hochnäsige, noch war sie wie ´Mädchen-Mädchen-rühr-mich-nicht-an`. Sie trank auch gern ein Bier und konnte auch mit dem Feuerzeug Bierflaschen öffnen. Sie konnte sogar Zigaretten selber drehen.
Sie war einfach ganz normal!

Sie war so lustig; besonders wenn sie lachte, musste auch ich immer lachen. Sie hatte so ein komisches Gurren in ihrer Stimme.

Doch dann hatte sie auch wieder etwas Ernstes, manchmal sogar etwas Trauriges in ihrem Blick.

Ja, ich hatte mich wirklich in sie veliebt.

Die Qual der zwei Wochen war endlich vorbei.

Sie war wieder gekommen; sie hatte mich gleich angerufen.

Ich begrüßte sie mit einem Küsschen, das auch sie erwiderte.

„ Wie war es denn in den Ferien mit Deinen Eltern?", fragte ich sie.

„ War schon o.k." , sie winkte ab.

Wir namen uns an der Hand und gingen spazieren.
Ich war so froh, dass ich sie wieder gesehen habe.

Am nächsten Tag verabredeten wir uns auf ein Picknick im Park.
Ich holte sie mit dem Fahrrad ab.

Der Sommer hatte seinen Höhepunkt erreicht
Es waren nun die heißesten Tage im Jahr.

Sie hatte etwas zum Essen mitgebracht und ich Cola und zwei Flaschen Bier. Ich hatte noch eine Flasche vom Wein des Nachbarn, diese wollte ich aber lieber nicht mitbringen.
Wir setzten uns unter eine große Eiche und fingen an zu essen und öffneten unsere Bierflaschen. Dann stießen wir an auf uns.

Es war wieder einmal ein heißer Tag.
Wir waren ein bisschen müde von dem Bier in der großen Hitze.
Wir legten uns auf die Wiese. Sie legte ihren Kopf auf meine Schulter.
Ich lag auf dem Rücken und schaute in die grelle, warme Sonne.
Dann machten wir beide die Augen zu.

„ Hast Du mich auch wirklich gern?", fragte ich sie mit geschlossenen Augen.

„ Aber ,das weißt Du doch", antwortete sie.

„ Hast Du mich auch lieb?", fragte ich sie wieder.

„ Ich hab Dich ganz sehr lieb", antwortete sie.

Sie rückte noch ein bisschen näher an mich und legte ihren Arm um meinen Bauch.
Ich legte vorsichtig meinen Arm auf ihren Rücken und fing an, sie zu streicheln.
Ganz zart bewegte ich meine Finger an ihrem Rücken hoch und runter.
Sie tat dasselbe an meinem Bauch entlang.
Sie rückte noch ein bisschen näher an mich.

Es war einfach schön, so nahe bei ihr zu sein, obwohl mein Herz klopfte.
Ich wusste nicht, ob aus Angst oder nur aus Aufregung.

Ihr Kopf war immer noch in Schulterhöhe, doch jetzt rutschte sie hoch zu mir. Wir schauten uns in die Augen.

„ Ich hab Dich lieb" , sagte ich wieder, während sie mir in die Augen schaute.

„ Ich Dich auch", sagte sie wieder.

Ich spitzte wieder meine Lippen und und küsste sie leicht auf den Mund. Dann ging ich mit dem Kopf wieder zurück.
Es fühlte sich so zart an.

Nun kam sie mit ihren Lippen wieder auf mich zu und gab
mir einen kleinen Kuss. Sie ging mit ihrem Kopf wieder
zurück.
Unsere Lippen berührten sich wieder.
Nun blieben unsere Lippen beisammen.
Ich spielte mit meinen Lippen mit ihrer Unterlippe, sie mit
meiner Oberlippe. Unsere Zungen berührten sich.

Mein Herz klofte.

Wir hatten uns die ganze Zeit am Rücken und Bauch und
Hals gestreichelt.

Ich weiß nicht mehr, wie lange wir so da lagen und uns
küssten.
Aber ich glaube, es war schon ziemlich lang.

Wir richteten uns wieder auf.

„ Schau mal", sagte sie auf einmal.

„ Siehst Du denn die vielen kleinen Schmetterlinge?"

Und tatsächlich es waren auf einmal ganz viele
Schmetterlinge um uns gewesen.

„ Schau mal, wie süß der eine da ist. Guck, der hat sich
eben auf Dein Knie gesetzt. Schau, wie schön der ist, mit
seinen weißen Flügeln und dem schwarzen Fleck mit dem
roten Punkt!", meinte sie.

„ Ich glaub, der wird ab jetzt immer unser Glücksbringer
sein", meinte sie wieder.

„ Ja, Du hast recht!"

Es war wirklich ungewöhnlich, dass so viele
Schmetterlinge da waren.

„ Weißt Du was?", sagte sie , „wir nennen diesen Sommer
einfach den Sommer der Schmetterlinge."

Als ich sie nach Hause brachte, verabschiedeten wir uns mit
einem dicken Kuss und ein: „ Ich hab Dich lieb."

Ich wusste auf einmal, wie dumm und blöd alles war, was
die anderen immer erzählt hatten.

Ich war richtig glücklich gewesen.

So ging es noch weiter die nächsten Wochen.
Einfach glücklich und verliebt.

Wir haben dann auch zusammen gekocht, als meine Mutter
nicht da war.
Natürlich Spaghetti.
Einen Rotwein des Nachbarn!
Sogar Erdbeeren pflückten wir mit der Mutter eines
Freundes.
Ich werde auch nie vergessen, wie wir im See im Park das
Boot versenkt hatten.
Wir haben so viel geschaukelt, bis das ganze Ruderboot
voll Wasser war. Es ist dann untergegangen.
Wir sind abgehauen. Sie hatte immer meine Hand gehalten.

Wir sahen uns fast jeden Tag.

Der Sommer ging schon langsam wieder zu Ende.
Man merkte, wie die Tage wieder kürzer wurden.

Doch irgendwie wurde es auf einmal komisch.
Immer öfters hatte sie mir abgesagt.

Ich wusste nicht, was los war.
Dann hatte ich sie doch wieder erreicht am Telefon.

Sie wollte sich nicht mit mir treffen. Sie meinte, erst wieder in ein paar Tagen.

Ich konnte sie schließlich doch überreden.
Aber ich sollte sie nicht von zu Hause abholen.

Als ich sie dann sah, war ihre halbe Gesichtshälfte blau und gelb.

Wir gingen zu mir. Ich war das Wochenende alleine zu Hause.

„ Bitte, sag mir, was passiert ist", fragte ich sie.

„ Ich will nicht darüber reden", antwortete sie kurz.

„ Aber ich liebe Dich, Du bist der einzige Mensch auf der Welt, den ich richtig liebe", meinte ich wieder.

Ich streichelte sie und umarmte sie.
Auf einmal fing sie an zu weinen.

„ Ich liebe Dich. Ich liebe Dich wirklich. Auch wenn ich Dich erst zwei Monate kenne und ich noch so jung bin, ich werde nie in meinem Leben wieder jemanden so sehr lieben wie Dich."

Sie fing an zu erzählen.
Sie ziehen schon seit ein paar Jahren jede paar Monate um.
Ihr Vater hat vor ein paar Jahren zum Trinken angefangen.
Er zieht seitdem von einem Rauswurf zum anderen. Es war

nicht immer so gewesen. Sie erzählte, er war früher einmal erfolgreicher Architekt gewesen.
Sie weiß nicht, wieso es dazu kam.

Die Blessuren im Gesicht stammen von ihrem Vater. Sie sei aber nicht böse auf ihn. Er war betrunken und wusste nicht was er machte. Es hat ihm dann total leid getan. Es war schon mal passiert. Er kann es sich selbst nicht verzeihen.

Auf einmal wusste ich, wieso ich keine Postkarte von ihr bekam, als sie in Urlaub fuhr.
Sie war gar nicht im Urlaub gewesen.
Sie waren wieder in einer anderen Stadt, unterwegs mit ihrem Vater.

Sie fing wieder an zu weinen und ich weinte mit ihr.
Wir haben uns nicht mehr losgelassen.
Ich habe sie noch nie mehr geliebt wie in diesem Moment.

„ Du darfst mich nie verlassen", flehte sie mich an.

„ Ich werde Dich nie verlassen. Ich liebe Dich und wir werden es immer schaffen", rief ich.

Sie ist an diesem Wochenende nicht mehr nach Hause gegangen.
Wir hatte die erste gemeinsame Nacht verbracht.

Ich hatte sie dann am Sonntag Abend nach Hause gebracht.

Die nächsten Tage habe ich sie dann auch nicht mehr gesehen.
Auch die Woche danach nicht.
Nie hatte jemand den Hörer abgenommen, wenn ich bei ihr anrief.
Ich habe mir wahnsinnig Sorgen gemacht.

Ich wusste nicht, wo sie war, ob Probleme mit ihrem Vater waren.
Aber ich wusste wenigstens, dass sie mich liebt und dass sie mich nie verlassen würde.

Die Tage wurden wieder zur Qual.
Es verging noch eine Woche.

Dann las ich etwas in der Zeitung.
Ein Mann, Mitte vierzig, hatte sich erschossen gehabt.
Die Adresse der Tat stimmte mit ihrer überein.

Ich wusste es sofort.

Es war ihr Vater, der sich erschossen hatte.

Ich rief wieder an.
Ich probierte es immer wieder.
Keiner hob ab.
Ich lief zu ihrem Haus rüber und klingelte an der Wohnungstür. Ich klingelte Sturm.
Doch keiner öffnete.

Ein Nachbar sagte mir, dass das junge Mädchen mit ihrer Mutter weggezogen sei. Keiner weiß wohin.

Es war die schlimmste Nachricht, die ich je in meinem Leben gehört habe.
Ich hatte Angst, sie nie wieder zu sehen und genau so viel Angst hatte ich um sie, ob es ihr gut gehen würde.
Ich ging nach Hause und weinte.

Ein paar Wochen später erhielt ich eine Postkarte.

Darauf war das Bild eines Schmetterlings.
Die Karte hatte keinen Absender.

Ich las:

Du hast es bestimmt gehört, aber ich musste weg.
Mach Dir keine Sorgen um mich.
So ist es einfach das Beste.
Vergiss nicht, ich werde Dich immer lieben.

Ich habe sie nie wieder gesehen.

Nach einiger Zeit habe ich die anderen wieder gesehen.
Der Sommer war fast wieder zu Ende.
Wir waren Mofafahren, Musikmachen und Schwimmen.

Es war aber nie wieder so wie es vorher war.

Ich werde ihn nie vergessen, den Sommer der
Schmetterlinge.

Der Clown

Wie an jedem Abend verbeugte er sich und nahm seinen kleinen roten Hut vom Kopf.

Das Publikum jubelte.

Beim Verbeugen rutschte er aus.
Das Publikum fing an zu lachen.
Er verbeugte sich nochmals.
Das Publikum jubelte weiter und klatschte und klatschte.
Er verbeugte sich wieder.

„ Ich bedanke mich für Ihren Besuch und beehren Sie uns bald wieder!"

Sein Auftritt war immer der Letzte.
Nach einiger Zeit hörte das Klatschen auf.

Daraufhin verließ der Clown die Manege.

Das Licht ging an und die Leute verließen das kleine Zelt.

Es hatte sie einfach erfreut.

Es war ein kleiner Wanderzirkus.
Das Aufgebot war relativ bescheiden.
Es gab keine Löwen und Elefanten und auch keine
Riesenschlangen und Zebras.
Alles mehr im kleineren Maße. Es gab Trapezkünstler und
Feuerschlucker .
Sie hatten eine Pferdenummer, eine Nummer mit Hunden,
einen Zauberkünstler und - nicht zu vergessen - den, der mit
der Kanone als Kanonenkugel durch die Luft fliegt.
Und natürlich den Clown.

Der Clown war immer der Höhepunkt jeder Vorstellung.

Es war mehr oder weniger ein Familienbetrieb.
Das heißt, den Circus gab es schon vor dem zweiten
Weltkrieg.
Dort war er auch größer und prächtiger.
Damals hatte es auch Elefanten und Löwen gegeben.

Sie hatten damals auch ein anderes Zelt. Doppelt so viele
Zuschauer passten früher hinein.
Es gab auch eigene Handwerker und Arbeiter, die immer
mitreisten, die nur zuständig waren für den Aufbau, den
Abbau und dafür, wenn irgendetwas nicht funktionierte.

Aber jetzt war das anders.

Der Zirkusdirektor, er macht die Pferdenummer mit der
Peitsche, hatte nach dem Krieg noch zusammengesucht,
was auffindbar war, und hat nun im bescheidenen Maße
weitergemacht.

Jedenfalls muss jetzt jeder Artist zupacken: beim Aufbau
und Abbau des Zeltes mithelfen, bei der Organisation bis
hin zur Buchhaltung.

Der Zauberer, zum Beispiel, ist Lehrer für die Kinder, die natürlich auch mithelfen müssen.

Das alte Tuch des Zeltes ging so oft durch Regen und Sonnenschein.
So oft geflickt, vom Moder gerettet.
Die alten Holzbänke mussten immer wieder poliert werden, so dass sich beim Sitzen keiner einen Span einholte.
Elektrischen Strom für das Licht hatten sie auch. Sie hatten einen kleinen Generator, an dem der Direktor dann immer Hand anhielt.

Sie tourten so von Stadt zu Stadt und von Städtchen zu Städtchen.
Genauso wie in diesem Sommer.

In einer Karawane zogen sie dann dahin. Vorne der Zirkusdirektor in seinem alten Mercedes. Dann der Planwagen mit dem Zelt, dann der Güterwagen mit den Tieren, gefolgt von den Hauswagen der Artisten.

Und wenn sie wieder in einer Stadt ankamen, riefen die Leute:

„ Der Circus ist da , der Circus ist da!!"

Es war eine große Familie geworden.
Irgendwie hatten sie sich in den Jahren nach dem Krieg zusammengefunden.
Ein paar von ihnen waren gelernte Artisten, wie der Zirkusdirektor und seine Frau, die Trapezkünstlerin.
Die meisten kamen aber von irgendwoher, hatten umgelernt auf Artist, hatten früher andere bürgerliche Berufe, in denen sie nicht mehr Fuß fassen konnten.
Obwohl der Krieg schon einige Jahre zu Ende war, wurden die Zeiten nur mimimal besser.

Kaum einer sprach von seiner Vergangenheit.
Man hatte die Zeiten der Vergangenheit in der
Vergangenheit gelassen. Man lebte nun in der Gegenwart,
als Artist.
Irgendwo war immer ein schlammiger Platz oder ein
Feldabschnitt frei, in oder bei einer Stadt, für die Männer
und Frauen des Circus.

Obwohl die Leute die „Wäscheleinen einholten", wenn der
Circus durch die Stadt reiste, war man trotzdem meist
willkommen.

Verdient haben sie nicht viel, aber die Leute hatten auch
nicht viel.

Sie tourten durch ganz Osteuropa.
Ungarn, Ostdeutschland, Polen, die damalige
Tschechoslowakei.

Und wenn es mal wieder an der Zeit war, zog man weiter.

Baute das Zelt ab, lud die Tiere wieder ein, packte die
Sachen in die Wagen und fuhr zum nächsten Ort, baute das
Zelt wieder auf, kümmerte sich um Futter für die Tiere und
machte es sich für ein paar Tage wieder wie zu Hause; nie
jedoch länger als zehn Tage oder so.

Das Dasein war eher ärmlich. Trotzdem waren sie
zufrieden.

Auch wenn es überheblich klang, sie konnten den Leuten
wenigstens für eine Stunde oder zwei ein bisschen das
Gefühl von Glücklichsein bringen.

Deswegen war auch der Clown der Star der Truppe, das
heißt, er war nicht der Star, aber er war immer der

Höhepunkt des Abends. Deswegen war seine Auftritt immer der Letzte.
Der Zirkusdirektor hatte ihm deswegen auch nach der Vorstellung immer die Abschiedsworte verkünden lassen.

Es waren die Leute, die den Clown einfach am meisten sehen wollten.
Sie wollten nur lachen.

Von dem Clown wusste die Truppe auch nicht viel.
Sie hatten ihn damals kurz nach Ende des Krieges irgendwo herumstreunernd aufgelesen.
Auch so sprach er nicht viel. Er war meist sehr verschlossen.
Trotzdem mochten ihn die Leute, das Publikum noch mehr.

Sie hatten wieder einmal ihre Zelte aufgestellt. Diesmal in einer kleinen Stadt in Ostdeutschland.

Die Schau hatte mal wieder begonnen

Die Zuschauer saßen auf Bänken, etwa fünf Reihen, um die kreisförmige Manege.
Die Pferdeschau war schön.
Die Trapezkünstler hatten begeistert.
Der Raketenmensch flog weithin in die Luft, aus der Kanone heraus.
Er wurde dann aufgefangen in einem kleinen Netz.

Dann kam der Clown.

Der Clown hatte, wie immer, den letzten Auftritt
Er verabschiedete sich.
Verbeugte sich, dann folgte, wie immer, der kleine Stolperer.

Er hatte sich jeds Mal sehr bemüht, komisch zu sein, aber eigentlich war es nur Routine.

Er wollte sich natürlich die Routine nicht anmerken lassen, er wollte ja, dass die Menschen sich freuen, doch trotzdem: selbst hatte er nicht wirklich gelacht, wenn der Clown lachte, selbst hat er nicht wirklich geweint, wenn der Clown weinte.

Er tat halt seine Arbeit.

Es waren viele Jahre her, da hatte er das letzte Mal geweint.

Die Vorstellung war wieder zu Ende und die Leute waren, wie immer, begeistert.

Er verschwand nach seinem Auftritt, er ging alleine in seinen Bus und schminkte sich ab.
Er war froh, Gutes getan zu haben und seinen Teil dazu beigetragen zu haben.

Er nahm die Creme, um sich abzuschminken.
Er hatte ein ganz weiß bemaltes Gesicht.
Auf der einen Gesichtshälfte war eine kleine Träne unter das Auge gemalt und ein roter Mundwinkel, der nach unten ging. Auf der anderen Gesichtshälfte ging der Mundwinkel nach oben.

Glück und Unglück liegen eben sehr nahe beieinander.
Wer weiß dies nicht besser als ein Clown.

Auch die kleine schwarze Träne, die er immer unter sein linkes Auge gemalt hatte, hatte er dann abgewischt.

Er blickte mit seinem gewaschenen Gesicht nochmal in den alten Spiegel am Schminktisch.

Er nahm ein paar Wäschestücke von der Leine, die über seinem Bett hing.

Jedoch bevor er einschlief, griff er, wie an jedem Abend, noch in die Schublade der alten Kommode, die irgendwie Platz gefunden hatte im alten Wagen.

Er kramte eine alte Flasche Marillenlikör heraus und nahm einen kleinen Schluck.
Er schloss die Flasche, legte sie sorgsam wieder in die Schublade, schloss die Schublade und und ging zu seinem Bett.

Damit hatte er sich immer für den Abend belohnt.

Dann legte er sich hin und schlief ein.

Er wollte nicht auf den Raketenmann warten, der mit ihm den Wagen teilte, der ging abends immer noch eine Runde spazieren.

Aber das störte ihn nicht und bald war er fest eingeschlafen.

Am nächsten Abend war die nächste Vorstellung.

Sie spielten nur abends.
Nur am Samstag und am Sonntag spielten sie auch am Nachmittag.
Aber sonst immer das Gleiche, jeden Tag in jeder Stadt.
Das Programm wurde erst nach jeder Tour gewechselt.

Der Clown war wieder als Letzter an der Reihe.
Er lief hinaus in die Manege mit einem fröhlichen „Haaaallllloooo."
Wie eben an jedem Abend. Doch heute war es anders.

In der ersten Reihe saß ein kleines Mädchen. Vielleicht zehn Jahre alt.
Sie hatte blondes, in Zöpfe geflochtenes Haar und große blaue Augen.
Während sie mit gespannter Bewunderung dem Clown zusah, spielte sie mit den Händen an ihren Zöpfen.

Der Clown hatte sie sofort bemerkt, als er die Manege betrat. Er war erstaunt, als er sie sah.
Er konnte sie während der ganzen Vorstellung nicht aus dem Blick lassen.

Er verabschiedete sich, er stolperte, doch irgendwie hatte ihr Anblick ihn berührt.

Diesmal hatte er nicht, wie sonst, die Manege gleich verlassen, sondern er hatte hinter dem Vorhang das Mädchen noch beobachtet, bis sie das Zelt verließ.

Er ging wieder in seinen Wagen, schminkte sich ab.
Auch die kleine schwarze Träne.

Irgendwie war er durcheinander. Er wollte nicht nachdenken, warum.

Den Schluck Marillenlikör hatte er an dem Abend nicht gewollt.
Er legte sich hin und schlief gleich ein.

Der Anblick des jungen Mädchens hatte ihn am Tag zuvor sehr durcheinander gebracht.
Sie ging ihm nicht aus dem Kopf.

Erst wollte er die Begegnung verdrängen, doch nun wollte er sie sogar wiedersehen.

Den wieder einmal kaputten Generator hatten er und der
Direktor dann auf Vordermann gebracht.
Den Müll des Raketenmannes rausgeschmissen, der nicht
immer der Ordendlichste war.

Doch musste er wieder an das kleine Mädchen denken.
Vielleicht kommt sie sogar nochmal zu einer Vorstellung?
Er würde sich freuen.

Am nächsten Abend war sie wieder da, das kleine
Mädchen.

Er hatte sie sofort gesehen.

Während der ganzen Zeit hatte er sie nicht aus seinem Blick
gelassen.
Es wärmte sein Herz, wie sie laut lachte und dann an ihren
Zöpchen spielte.

Wenn sie lachte, leuchteten ihre Augen noch mehr.
Er beobachtete sie wieder hinter dem Vorhang, bis sie das
Zelt verlassen hatte.

An diesem Abend gönnte er sich einen besonders großen
Schluck Likör.

Am nächsten Abend war das kleine Mädchen wieder da.
Sie lachte und strahlte ihn an.

Als er dieses Mal in der Manege seine Streiche machte,
musste er nun wirklich lachen. Er hatte das erste Mal seit
Jahren wirklich Spaß, das Publikum hatte es wohl bemerkt,
denn der Applaus war zweimal so viel.
Er blickte das Mädchen an und und er fing wirklich an zu
lachen, als er den Ball ins Publikum schmiss und den

Eimer, in dem in Wirklichkeit kein Wasser war. Je mehr sie sich freute, um so mehr freute er sich.

Seit wohl vielen Jahren hatte er nicht mehr so gelacht.
Doch er konnte immer noch nicht weinen.

Die Träne in seinem Gesicht war ja nur angemalt.

Das erste Mal in vielen Jahren hatte er etwas wie Wärme in seinem Herzen empfunden.

Dann hatte er das Mädchen wieder beobachtet.
Ihre blonden Zöpfe und ihre blauen Augen in diesem zarten kleinen Gesicht und wie sie mit ihren Zöpfen spielte, ging ihm nicht aus dem Kopf.

Er ging, wie an jedem Abend, in seinen Wagen und schminkte sich ab.

Nahm einen großen Schluck Likör.
Dann griff er in seine Schublade und holte ein altes Bild aus einer Schachtel.

Ein Foto und zwei, drei andere Erinnerungstücke, mehr hatte er nicht.

Auf dem Bild war er, seine Frau und seine kleine Tochter. Das kleine Mädchen hatte blonde Zöpfchen und blaue Augen.

Sie war ungefähr im gleichen Alter wie das Mädchen aus dem Publikum.

Er schaute das Bild lange an.
Er hatte es viele Jahre nicht mehr angeschaut.
Er konnte es sich einfach nicht anschauen.

Er stammte aus einer kleinen Stadt in Pommern, das damals noch Teil von Deutschland war.
Er hatte dort ein kleine Arztpraxis gehabt.

Er hatte dort für seine Tochter oft kleine Vorstellungen gegeben. Er spielte dann immer den Clown.
Als sie lachte, hatte sie auch immer mit ihren Zöpfchen gespielt.

Er wurde dann an die Front geschickt, als er wieder kam, so hörte er, waren seine Frau und seine Tochter getötet gewesen, wie fast alle Frauen und Kinder in seiner Stadt und in seinem ganzen Landstrich.

Er konnte nie wieder richtig arbeiten.
Eigentlich konnte er überhaupt nicht mehr arbeiten.
Nur als Clown.

Er hatte damals geweint, dann nie wieder.

Doch nun konnte er das Bild wieder anschauen. Denn er hatte seine Tochter wieder gefunden.
Es war das kleine Mädchen im Publikum.
Natürlich wusste er, dass es nicht wirklich seine Tochter war, seine Tochter wäre jetzt schon eine junge Frau.

Doch er wusste nun, dass seine Tochter doch weiterlebt.

In diesem Mädchen und in tausend anderen.

Er nahm noch einen Schluck Likör und schlief ein.
Er schlief tief und fest.

Am nächsten Tag war die letzte Vorstellung im der Stadt.

Er freute sich auf das kleine Mädchen.

Sie würde bestimmt wieder kommen.

Er betrat die Bühne.
Er schaute sich um.
Das Mädchen war nicht gekommen.

Sein Programm machte er wie immer.

Er war ein bisschen enttäuscht, denn er hatte ihr einen
kleinen Schmetterling mitgebracht.
Er hatte weiße Flügel mit schwarzen Flecken und roten
Punkten darauf.
Er sollte ihr Glück bringen. Er hatte ihn selbst gebastelt.

Doch er war nicht taurig.
Er verabschiedete sich.

Doch diesmal, ließ er den letzten Stolperer weg.
Er setzte sich auf einen kleinen Hocker.

Auf einmal war es still im Publikum.
Er fing an zu singen:

„ Schlaf, Kindlein schlaf,

Dein Vater hüt die Schaf,

Mutter ist in Pommerland,

 Pommerland ist abgebrannt.

Schlaf, Kindlein schlaf.“

Er verließ darauf die Manege.

Er ging in seinen Wagon und schminkte sich ab,
auch die angemalte Träne.

Er schaute in den Spiegel.

Eine echte Träne kullerte nun an der Stelle, an der die
Angemalte war.

Sie packten ihre Zelte und fuhren weiter in die nächste
Stadt.

Vorn voran fuhr der Direktor, dann der Wagen mit dem
großen Zelt, der mit den Tieren, und dann die Wagen der
Artisten.

Er nahm seinen kleinen Hut vom Kopf und verbeugte sich.

Die Leute klatschten und jubelten.

Dann der kleine Ausrutscher nach der Verbeugung.

Das Licht ging wieder an und die Menschen verließen das kleine Zelt.

Es hatte sie einfach erfreut.

Der Bruch

Die Stadt sah von oben ganz friedlich aus.
Wenigstens etwas friedlicher als sonst.
Aber es war ja auch Ferienzeit gewesen, und außerdem ein heißer Tag.
Also bewegte sich alles ein bisschen ruhiger.
Von oben sah es so aus.
Jedenfalls für den kleinen Schmetterling.

„ So, bin auch schon da!", rief der eine dem anderen vom Fahrrad aus zu.

„ Wird aber auch Zeit!", rief der andere etwas ungeduldig.

Der eine stellte sein Fahrrad neben das des anderen und setzte sich zu ihm auf die Bank.

„ Ich dachte schon, dass Du kneifen würdest!", meinte der andere.

„ Nie im Leben, ich musste mir nur noch ein Fahrrad besorgen. Es war nicht so leicht, die hatten alle so dicke Ketten, die nicht so einfach durchzuknacken waren."

„ Ist ja gut, ich sehe Du hast ja eines."

„ Also, wollen wir es wirklich tun?"

„ Wir haben es doch ausgemacht!"

Die beiden hatten sich an einer Parkbank verabredet, gleich am Eingang zum großen Stadtpark. Daran schlossen sich die Geschäftsstraßen der Stadt.
Genau ihnen gegenüber befand sich die Straße, die zu dem Weg in den Park führte.

Es war ein heißer Tag und eine Art Trägheit lag in der Luft, so war auch nicht viel Verkehr auf der Straße.

„ Also, lass es uns noch einmal durchsprechen!"

Der Freund, der gewartet hatte, stand auf, zündete sich eine Zigarette an, und fing an zu erklären:

„ Es ist jetzt genau zehn Minuten nach zwölf. Die Bank macht genau um eins auf.
Die Fahrräder bleiben genau hier vor dem Park stehen.
Zur Bank gehen wir die fünfzig Meter zu Fuß. Wenn wir die Bank dann verlassen, rennen wir runter zu den Fahrrädern, schwingen uns sofort drauf und fahren so schnell wie möglich in den Park. So können sie uns nicht so leicht verfolgen.
Dann trennen wir uns und fahren in zwei Richtungen weiter, so verwischen sich unsere Spuren.
Die Beute nehme ich mit und wir treffen uns dann morgen."

„ Wieso nimmst Du die Beute mit und nicht ich?"

„ Ich nehme die Beute, weil es auch mein Plan war. Man braucht immer einen Kopf und in diesem Fall bin ich der Kopf. Also nehme ich auch die Beute. Wir teilen dann morgen."

„ Ist schon gut. Du bist der Boss!", erwiderte der eine etwas resigniert.

„ Also, noch Fragen?"

„ Ja, was ist in der Bank? Ich habe vergessen, was wir in der Bank machen", fragte der eine wieder.

„ Also, gut, dann eben nochmal. Ich gehe gleich an die Kasse und sage ´Banküberfall`. Während Du hinter mir stehst und die Pistole hältst und sie auf die Leute in der Bank richtest. Dann pack ich das Geld in die Tüte, wir verlassen den Raum und hauen ab. Ist doch alles total simpel. Also, alles klar?", meinte der Freund.

„ Alles klar!", erwiderte der eine etwas zögerlich.

„ Was ist, wenn sie uns erkennen?", fragte er wieder.

„ Dafür haben wir ja unsere Masken."

Er kramte in seiner Jackentasche und holte zwei aus Strumpfhosen gemachte Mützen hervor.

„ Hier ist Deine", und warf ihm eine Strumpfhosenmaske in den Schoß.

Er probierte sie gleich auf und stülpte sich das Nylon über das Gesicht.

„ Meine hat aber ein Loch!"

„ Dann dreh das Loch eben auf den Hinterkopf, und außerdem tu das Ding von Deinem Kopf! Was ist, wenn uns einer sieht!", fauchte sein Freund fast ungeduldig.

„ Okay, alles klar! Und was ist mit der Pistole?", fragte ihn wieder der eine.

„ Ich hab hier eine besorgt."

Er nahm eine Pistole aus der Tasche, stand auf, stellte sich vor seinen Freund und imitierte mit der Pistole auf ihn zu schießen.

„ Päng, päng! Siehst Du, man muss immer aus der Hüfte schießen", und lachte dabei.

„ Ist schon gut, setz dich wieder! Ich glaub Dir schon, dass Du John Wayne bist."

„ Noch was", meinte der eine wieder, „ Glaubst Du wirklich, dass wir eine Knarre brauchen?"

„ Wie sollen wir denn eine Bank überfallen, wenn nicht mit einer Knarre, glaubst Du, die geben uns einfach ihr Geld, weil wir so nett danach fragen?"

Er pausierte.

„ Außerdem: Es ist ja nicht eine echte Knarre. Es ist bloß eine Spielzeugpistole. Ich hab sie noch in einer alten Kiste im Keller gefunden."

„ Es bleibt trotzdem ein bewaffneter Raubüberfall, den wir da machen und das ist schlimmer als ein nicht bewaffneter Raubüberfall, wegen der Pistole", sagte der eine wieder.

„ Okay, sie ist aber doch nicht echt", der andere etwas zweifelnd.

„ Gut, aber wenn die anderen nicht wissen, dass sie nicht echt ist, dann gilt sie als echt. Als Scheinwaffe oder so ähnlich und das ist dann wieder dasselbe."

„ Woher willst denn Du so was wissen?", fragte der andere etwas herablassend.

„ Ich hab mal einen gekannt, der hat so was studiert."

Der andere pausierte etwas irritiert.

„ Wie auch immer, es geht nicht ohne!"

„ Okay, okay."

„ Es ist ganz schön heiß heute", meinte der eine und wischte sich über die Stirn.

„ Wieviel Uhr ist es denn?"

„ Jetzt ist es halb eins", meinte der andere wieder, als er auf die Uhr schaute.

„ Dann haben wir ja noch Zeit. Dann lauf ich schnell zum Kiosk rüber und kauf mir noch ein Bier. Ich bin ein bisschen nervös."

Der andere zögerte etwas.

„ Meinst du wirklich, wir sollten noch ein Bier trinken? Aber, eigentlich, wieso auch nicht."
Er blickte hoch in die Sonne.
„ Du hast recht, es ist ganz schön heiß. Bring mir eins mit! Ich glaub, ein Bier ist immer gut für die Nerven."

Gleich in der Nähe der Parkbank der beiden am Parkeingang befand sich ein kleiner Kiosk für Eis und Getränke und so.

„ Zwei Flaschen Bier, bitte!"

Ihm wurden die zwei Flaschen überreicht und er ging mit den zwei kühlen Bieren wieder zu seinem Freund.
Sie öffneten beide ihre Flaschen mit dem Feuerzeug gleichzeitig.
Das Ende des Feuerzeugs setzt man unter den Deckel, während man die Flasche in der Hand hält, drückt das Feuerzeug dann über den Daumenrücken und durch die Hebelwirkung springt der Deckel ab.

„ Also, Prost! Worauf trinken wir?"

„ Auf den Bruch!"

„ Auf den Bruch!"

Sie nahmen ihre Flaschen, stießen an und nahmen einen großen tiefen Schluck.

Die Flaschen hatten sich nach dem ersten Schluck fast zur Hälfte geleert.
Darauf folgte noch einer und noch einer.

„ Das war eine gute Idee von Dir mit dem Bier. Ich hab gar nicht gemerkt, wie viel Durst ich eigentlich gehabt habe", meinte der andere.

„ Wieviel Uhr ist es denn?"

„ Lass mich mal schauen.. . Es ist zwanzig vor eins."

„ Ich glaube, wir könnten uns doch noch eine Flasche gönnen; wir haben noch ein paar Minuten bis die Bank aufmacht."

Der eine ging rüber und holte zwei weitere Flaschen.

Sie stießen wieder an.

„ Auf die große Kohle!"

„ Logisch!"

„ Was machst Du mit dem Geld?", fragte dann der eine.

„ Ich hab schon eine Idee. Jedenfalls kann ich die Kohle gut gebrauchen."

„ Ich auch, ich kann sie einfach auch gut gebrauchen."

Sie nahmen noch einen Schluck.

Zwei Kinder fuhren mit dem Fahrrad an ihnen vorbei.
Auch ein Pärchen schlenderte an ihrer Parkbank vorbei in den Park.
Von der naheliegenden Straße hörte man den leichten Geräuschpegel des Verkehrs.
Sonst war es einfach ungewöhnlich still in der Stadt.
Es war ja auch Ferienzeit gewesen.

Noch ein tiefer Schluck, und noch einer!

Die beiden wurden im Zuge der Biere etwas lebhafter.

„ Ich mach erst mal einen drauf. Erst mal ein paar Parties feiern. Ein bisschen die Sau rauslassen. Die Weiber abschleppen bis es kracht.
Bald bin ich der König von dieser Stadt!", gab der andere an.

Er fuchtelte mit seiner Pistole durch die Luft.

Dann nahmen beide wieder einen Schluck Bier, bis sie gleichzeitig die Flaschen leer getrunken hatten.

Die Sonne brannte heiß.

„ Wieviel Uhr ist es denn eigentlich?", fragte der eine.

„ Ist doch jetzt ganz egal. Hol uns noch ein paar Flaschen. Wir können auch noch eine halbe Stunde später in die Bank."

Er kam wieder mit zwei Flaschen an.
Die Feuerzeuge wurden wieder gezückt.

„Verstehst Du, wir sind einfach ganz cool. Wie Jesse James oder wie damals Dillinger, der Boss von der ganzen Bronx. So cool werden wir sein! Und voll, wenn wir die ganze Kohle dann haben", gab er wieder an.

„ Dillinger war doch gar nicht in der Bronx. Der war doch wo anders", wendete der eine ein.

„ Doch egal, wo der war. Du weißt doch wohl, was ich meine", erwiderte der Freund harsch.

„ Jedenfalls lass ich es wie die Sau krachen.
Und was hast Du vor?"

„ Ich lass es natürlich auch krachen. Erst einmal muss meine Karre aufgemotzt werden. Und dann geht es ab mit zweihundert. Immer die Straße entlang. Und zum Saufen nur das Beste.
Endlich können die mich dann alle am Arsch lecken. Von mir aus bist Du dann der König der Stadt, aber ich komm gleich danach."

Die Sonne brannte weiter heiß.
Sie tranken weiter von dem kühlen Bier.

„ Du, ich habe Bock auf noch eine Flasche. Wir haben noch
massig Zeit."

Neue Flaschen wurden geholt.

„ Nach diesem Bruch machen wir dann den nächsten.
Berühmt werden wir sein, so wie die anderen...",
er überlegte.

„ Welche anderen?"

„ Du weißt schon, die anderen...", er pausierte, „... ist ja
auch egal,... die anderen halt!"

Der eine stimmte ihm prostend zu.

Die Sonne brannte immer noch.
Zwei weitere Flaschen.

Ihre Stimmen wurden lauter.
Es hatte sich schon ein Häufchen leerer Bierflaschen vor
der Parkbank gebildet.

Die Flaschen knallten wieder zusammen.
Ein Gefühl für die Zeit hatten sie im Rausch schon längst
verloren.
Sie wurden immer euphorischer.

„ Wenn wir dann nur noch unsere Brüche machen, werde
ich auch nie wieder arbeiten.
Ich schufte mich doch für niemanden tot."

„ Nie wieder arbeiten!", schrie der eine.

„ Nie wieder!", lautstark sein Freund.

Sie fingen an, laut zu lachen und sich gegenseitig zu gratulieren.
Zu ihrem besten Entschluss, den sie jemals hatten und auf das rosige zukünftige Leben.

„ Nur noch Weiber im Überfluss", lallte der andere leicht.

„ Saufen ohne Ende", der eine auch etwas lallend.

Sie holten sich noch zwei Flaschen.

Weiber, Cabriolets, Hawaii, Penthäuser, Könige der Stadt, mehr Weiber, mehr Cabriolets, noch mehr Weiber, noch mehr Cabriolets, berüchtigte Berühmtheiten...

Mit jedem Schluck Bier übertrafen sie sich mehr.
Sie wurden immer lauter.

Noch eine weitere Runde.
Die Sonne stand noch hoch.

Der kleine Schmetterling war inzwischen über sie hinweggeflogen.
Er hatte natürlich weiße Flügel mit schwarzen Flecken und roten Punkten.

Die Sonne war immer noch heiß und sie wurden auf einmal müde. Sie wurden leiser.
Die große Euphorie war plötzlich verflogen.

Sie wussten nicht mehr, wie lange sie dort so gesessen haben.

„ Wieviel Uhr ist es denn überhaupt?", fragte der eine.

Der andere schaute auf seine Armbanduhr, die Augen zusammen zwickend.

„ Es ist viertel nach vier...

...die Bank hat schon zu!"

Darauf hatte keiner mehr etwas gesagt.
Sie hatten nur still auf den Boden geschaut.
Lange hatten sie pausiert.

Auf einmal fing der eine an zu stammeln:

„ Ich wollte doch eigentlich nur den Ring kaufen, mit dem kleinen Diamanten und dem kleinen Rubin. Es sollte so eine Art Verlobungsgeschenk werden. Ich wollte sie halt beeindrucken."

Er schaute wieder auf den Boden und wühlte mit den Füßen in der Erde.

Nach einer kurzen Pause erwiderte der Freund nachdenklich:

„ Ich wollte meinen Eltern eine Reise schenken. Jetzt, wo sie alt sind. Eine Kreuzfahrt oder so, weil sie sich immer um mich gekümmert haben, wenn ich Mist gebaut hab!"

Beide schauten wieder auf den Boden.

So blieben sie noch eine Weile sitzen.

„ Komm, lass uns nach Hause gehen", meinte schließlich der eine.

„ Ist okay."

Sie setzten sich langsam auf ihre Fahrräder, und machten sich bereit für den Weg nach Hause.

„ Hey", rief der andere seinem Freund zu, der gerade wegfahren wollte.

„ Weißt Du, für Deine Freundin, ich glaub ein einfacher Ring ist genauso schön."

Der Freund rief zurück:

„ Vielleicht tut es auch eine einfache Busreise!"

Sie fuhren beide davon.

Vorher hatten sie die Pistole noch in einen Abfalleimer geschmissen.

Hoch flog er weiter über die Stadt, der kleine
Schmetterling.

Es war sein erster Sommer.

Er blickte herunter auf die Stadt.
Auf die vielen Gebäude und Straßen und Menschen.

Er sah sogar die alte Pizzabude, die, wie er hörte, mit
den besten Peperonis der ganzen Stadt.

Vorbei, an Papas-Kebab-Laden, der früher Mamas-
Kebab-Laden hieß. An Thomas' Haarsstudio vorbei, am
kleinen See, an Nachtclubs, an unzähligen Cafes.

Über die Altstadt und den großen Park mit seinem
Pavillon, an den Schachspielern im Freien, vorbei am
Schwimmbad bei der alten Villa.

Auf einem der Dächer der Häuser war sogar ein
Schwimmbad, an dem die Leute lagen.

Ein Hochhaus war im Entstehen. Die Kräne waren so
hoch, dass er nicht über sie hinweg fliegen konnte.
Auch Fabriken und Lagerhallen.

Und viele, viele Häuschen.

Die Stadt sah so friedlich aus.
So in sich ruhend.

Und die Menschen?
Würde denn alles wirklich so friedlich sein?
So sorglos?

Irgendwie war er sich nicht so sicher.

Jedenfalls freuten sich die Menschen immer, wenn er über sie hinwegflog.

Es hieß immer: Schau dort, der kleine Schmetterling!

Viel hatte er schon gesehen, viel hatte er gelernt in diesem Sommer, doch irgendwie hatte er schon vieles gewusst.
Er dachte manchmal sogar mehr, als die vielen Menschen, die er beobachtete.

Also flog er weiter, mit seinen kleinen weißen Flügeln mit den schwarzen Flecken und den roten Punkten darauf.

Das Wunder vom Dach

Gelächter und Musik war zu hören. Laute Stimmen und
laute Musik. Gelächter und Gekichere und ein Lachen!
Wieder Musik.
Er schaute nach unten und sah nur tiefe Dunkelheit.
Dann blickte er noch einmal kurz in den Himmel.

Überall waren Sterne zu sehen. So viele Sterne wie noch
nie zuvor. Es war nicht wie sonst, dass nur ein paar da
waren. Der Himmel war gespickt von ihnen. Große, kleine,
manche einzeln, viele richtig in Gruppen, in richtigen
Bündeln! Als hätte man die ganz Milchstraße über den
ganzen Himmel gegossen!
Die weißen Strahlen, die sie abgaben, berührten sich fast
untereinander.
So klar, als könnte man sie anfassen.

Er spürte ihre Hand. Dann schloss er die Augen und nahm
tief Luft.

Er nahm nur noch ein dumpfes Geräusch war.

Dann war es auf einmal still.

Er machte die Augen wieder auf.

Er fühlte sich schwerelos.
Erst war es nur dunkel.
Dann bemerkte er sich umgeben von Lichtern.
Tausende von leuchtenden Bläschen.
Die Lichter waren irgendwie golden und silbern und dann
doch wieder ganz hellblau.
Die Farben, zart und klar in sich übergreifend.

Die Bläschen bewegten sich um ihn, die Dunkelheit durchbrechend. Viele kleine und große. Einzelne und welche in Gruppen.
Die silbrig-goldenen Strahlen, die sie abgaben, berührten sich fast untereinander.
Ein räumliches Gefühl war nicht mehr vorhanden, so hell war es auf einmal um ihn herum.

Wenn er ausatmete, bildeten sich noch mehr Bläschen.
Zu hören war nur ein Rauschen. Er war eingetaucht in eine andere Welt.
Alles funkelte gold und silbern.

Woher kamen die Bläschen und Lichter?

Dann spürte er ihre Hand, nach der er fest griff.
Sie bewegte sich näher zu ihm und ergriff seine.

Sie zeigten auf die vielen Lichter.
Dann spielten sie mit den Bläschen.

Was waren das für Lichter?

Er hielt sie fest an sich. Sie umarmten sich.
Nun waren sie inmitten der unzähligen leuchtenden Bläschen.

Dann küssten sie sich und noch mehr silberne Bläschen sprudelten um beide herum. Sie küssten sich wieder.

Dann sah er ihre grünen Augen.
Sie wussten, sie hatten sich verliebt.

Die Zeit schien fast zu stehen.
Fest umarmt wurden sie umhüllt.

Was waren das für Lichter und Bläschen?

Es war wohl ein Wunder geschehen!
Dann tauchten sie auf, um Luft zu holen.

Musik war wieder zu hören.

Sie befanden sich auf einer Party auf dem Dach eines
Hauses.
Die beiden hatten sich in diesem Sommer erst ein paar
Wochen vorher im Schwimmbad bei der alten Villa kennen
gelernt.

Sie waren gemeinsam um Mitternacht, in voller Kleidung,
in den Pool, der sich auf dem Dach befand, gesprungen.

Es war das Licht des klaren Sternenhimmels, das sich im
Wasser brach und sich in den Luftbläschen reflektierte.
Nachts können, bei günstiger Bestrahlung, die Luftblasen
unter Wasser eine gold-silbrige Farbe bekommen.

Doch für beide blieb es immer das Wunder vom Dach!

Das türkische Auge

Türkische Augen sind kleine Anhänger.
Es sind runde flache Glasscheiben. Sie sind dunkelblau mit
einem weißen Kreis in der Mitte und darin ist dann ein
schwarzer Punkt.
In der Scheibe ist oben ein kleines Loch, um ein Band
durchzuschieben, um sich den Anhänger auch um den Hals
zu hängen, wenn man möchte.

Es gibt sie überall zu kaufen, in groß und klein oder auch in
ganz groß und ganz klein.

Sie sollen einem Glück bringen, wenn man sie trägt.
Sie sollen auch irgendwie den bösen Blick abwenden oder
so.

Jedenfalls glauben viele daran.

Die beiden waren ein paar Tage auf Besuch in einer
anderen Stadt.

„ Ich sehe, Du hast es schon genommen!"

„ Was habe ich schon genommen?", erwiderte er.

„ Das türkische Auge!", meinte sie.

„ Was für ein türkisches Auge?"

„ Ich meine das türkische Auge, das ich Dir heute morgen,
als wir gingen, auf das Kopfkissen gelegt habe!"

Er ging zum Kopfkissen und hob es hoch.
„ Ich habe nichts vom Kopfkissen genommen!" , sagte er wieder.

Beide schauten nochmals unter und auf das Kopfkissen.

„ Ich habe es aber da hingelegt. Es sollte ein kleines Geschenk für Dich sein. Das kleine türkische Auge sollte Glück bringen. Ich habs gestern gekauft."

„ Ich habs wirklich nicht genommen. Das ist aber komisch!"

Beide durchsuchten das komplette Bett, auch den Boden und die anderen Ecken des Hotelzimmers. Es war nicht auffindbar.

„ Es ist wirklich komisch! Schade, ich wollte Dir etwas schenken, das Glück bringt und jetzt ist es Pech!", meinte sie, mit ihren großen grünen Augen ihn anschauend.

„ Nicht so schlimm. Es bringt mir Glück genug, daß Du an mich gedacht hast. Wir können ja wieder ein neues kaufen", erwiderte er.

Ein paar Zimmer weiter richtete eine junge Frau die Betten, legte neue Handtücher ins Bad und wischte den Boden. Bevor sie das Zimmer verließ, strich sie mit dem Handrücken über die Kopfkissen, so dass sie auch schön gerade lagen.
Dann verließ sie das Zimmer zum nächsten.

Sie hatte ein Lächeln auf dem Gesicht.

Um ihren Hals war ein kleines Amulett gebunden.

Ein Gast hatte es ihr als Trinkgeld auf sein Kopfkissen gelegt!

Es ist wohl so.

Türkische Augen scheinen wirklich Glück zu bringen!

Der Einkaufswagen

Es war wieder heiß außen. Die Luft war zum
Durchschneiden.
Besonders wegen der großen Hitze war es ziemlich ruhig
im Häuserblock, keiner bewegte sich und tat viel.
So war man besonders hellhörig bei jedem Geräusch, das
die stickige Ruhe durchbrach.

Und wieder knallte die Tür. Und dann das Geräusch des
Einkaufswagens. Laut ratterte er wieder durch den Gang.

Es gab bestimmt über ein dutzend Wohnungseinheiten auf
dem Gang. Tür an Tür, in regelmäßigen Abständen. Eine
glich der anderen. Der einzige Unterschied, manche hatten
Fußabstreifer, manche nicht. Ein Fußabstreifer hatte sogar
die Form eines Pferdes.

Das Licht der automatischen Lichtanlage reichte gerade so
lang, dass man am Ende des Ganges die Wohnung noch
aufschließen konnte.

Keiner kümmerte sich um den anderen. Es kannte auch
eigentlich keiner den anderen. Wozu auch, man wollte nur
seine Ruhe haben.
Jedenfalls war es immer sehr still.

Bis auf die immer wieder knallende Tür und der knatternde
Einkaufswagen.
So ging es Monat für Monat für Monat.
Nicht so schlimm, dass man sich aufregen müsste, aber
dennoch so, dass es einem auffallen würde, auf alle Fälle
so, dass man sich wundern könnte.

Immer wieder schob die nicht mehr so junge Frau, nachdem sie die Tür zuknallte, mit ihrem Einkaufswagen den Gang entlang, leise vor sich hin murmelnd.
Sie hatte das Appartement ganz hinten im Gang.

Ein Knall, Gerattere und wieder ein Murmeln.

Im Einkaufswagen lagen immer irgendwelche Tüten und Decken.
Sie war immer mit ihrem Einkaufswagen unterwegs.

Es war zwar so, dass unten im Haus ein Lebensmittelgeschäft sich befand, und so mancher Bewohner, nach dem Einkauf, sich einen Wagen für die Tüten auslieh, aber doch nicht jeden Tag, den ganzen Tag lang.

So hieß es eben: „ Da kommt wieder die Verrückte.“

Mehr hat es nicht interessiert, sie hatte ja auch nicht wirklich gestört.
Obwohl es ab und zu vielleicht ganz interessant gewesen wäre, was sie da macht mit ihrem Einkaufswagen und was sie unentwegt murmelte.
Aber wie gesagt, so interessant war es dann doch wieder nicht.

Man hörte wieder einen Knall, Gerattere und wieder ein Murmeln.
Schon eigenartig, was sie so trieb.

„ Die Verrückte eben.“

Wieder Tag ein, Tag aus.

Weiter wurde sie nicht beachtet.

Doch wenn man bei ihrem Murmeln genau hinhörte und
sich Mühe gab, konnte man verstehen, was sie sagte:

„ Komm, mein Kleiner, wir wollen noch ein bisschen
spazieren fahren. Noch ein bisschen frische Luft schnappen.
Alles ist in Ordnung, die Mama ist ja bei Dir!"

Auch als es langsam dunkel wurde über dem Wohnblock;
die Hitze hatte sich einfach nicht gelegt.

Die Eiche

Im großen Park der Stadt stand eine Eiche. Sie war nicht die Einzigste an dieser Stelle im Park. Sie teilte sich das Fleckchen mit bestimmt noch ein Dutzend Eichen.
Sie formierten sich als kleines Wäldchen am Rande der großen Wiese.
Der Wiese, an der die Leute sich immer sonnten und Ball spielten.

Wenn es schön war, lagen dort Hunderte von Menschen. Am Ende der großen Wiese war ein kleiner Pavillon auf einer Anhöhung. Dort konnte man, wenn man hinaufstieg, schön die große Wiese betrachten und so auch den kleinen Wald.

Die Eiche war aber eine besonders schöne Eiche inmitten ihrer Kollegen. Nicht, dass die anderen Eichen nicht schön gewesen wären, aber diese hatte sogar etwas Majestätisches an sich. Sie war etwas breiter und auch etwas größer als die anderen.

So sagten die Leute öfters:
„ Schaut mal, das kleine Eichenwäldchen! Aber die Eiche dort in der Mitte ist besonders schön! Sie ist so schön majestätisch!"

Trotzdem war die Eiche immer unglücklich gewesen.
Denn, am anderen Ende der großen Wiese war eine andere Formation von Bäumen. Eine kleine Gruppe von Birken.

Die Eiche hatte immer rübergeschaut und die prächtige weiße Farbe der Birken bewundert.

Sie wollte auch so schön weiß sein und nicht so langweilig braun wie ihr alter Stamm.
Und so wurde sie immer unglücklicher.
Nur ein Wunsch, dann würde sie auch so weiß sein wollen.
Und so lebte sie dahin, immer mit Blick auf die Birken.

Immer unglücklicher wurde sie.

Dann, als der Sommer kam, wurde sie krank.

Ihre Rinde fiel ab und Flüssigkeit trat aus ihren Poren.

Das machte ihr Sorgen, doch auch der Parkverwaltung, die sehr auf ihre Bäume achtete.

Also schickte die Parkverwaltung einige Männer zur Eiche um sie wieder gesund zu machen.

Man musste die Eiche demnach mit einer Farbe einstreichen, damit die Rinde nicht mehr abfällt und die Flüssigkeit nicht mehr austritt.

So arbeiteten sie den ganzen Tag, bis es dunkel wurde.
Dann zogen sie wieder davon.

Es folgte die Nacht, dann kam wieder der Tag.
Langsam stieg die Sonne auf und es wurde sehr schnell wieder hell.
Auch wachte die Eiche auf bei den ersten Sonnenstrahlen.

Sie blickte als Erstes wieder rüber zu den Birken mit ihrem beneidendem Blick.
Doch dann schaute sie nach unten auf ihren alten Stamm.

Sie konnte es kaum fassen!

Sie war nicht mehr braun, sie war schneeweiß!

Auf einmal freute sie sich wieder.
Sie war eine Neue! Nicht mehr der alte braune Stamm!
Sie war nun schön, wie eine weiße Birke!
Ihr Haupt errichtete sich stolz.

Doch irgendwie schauten die anderen Eichen ihrer
Formation sie nun nur seltsam an.

Doch das störte sie nicht.
Sie war nun schöner als alle anderen.

Doch auch die Leute, die früher immer die majestätische
Eiche bewundert hatten, sagten auf einmal:

„ Schau mal, ist das nicht seltsam, dort steht ein weißer
Baum!"

Das hatte sie langsam auch mitbekommen.
Insbesondere sprachen ihre Kollegen immer weniger mit
ihr, denn sie hatten ihre Überheblichkeit bemerkt, die
eigentlich gar nicht zu ihr passte.

Sie merkten auch, dass sie jetzt nur ausschaute wie ein
weißer Baum.
Der kleine Schmetterling, der immer mit ihr sprach, kam
auch nicht mehr vorbei.

Sie war jetzt weder eine Eiche noch eine Birke.
Sie war nichts anderes, als ein weißer Baum.

Es störte sie, dass keiner mehr mit ihr sprach.
Sie merkte, dass sie nun doch nicht so schön war.
Sie wurde wieder unglücklich und traurig. Sie wollte
wieder sein, wie sie früher war.

Sie fing an, sich zu schämen. Sie wollte wieder sein wie die anderen.
Sie würde sich nie wieder beschweren.

Doch nach einiger Zeit: Regen und Wind!
Herbst, Winter und Frühling!

Ein neuer Sommer war da!

Es wich die Farbe und sie war wieder braun und gesund.
Um diesmal endlich glücklich zu sein wie sie ist!

Und schließlich war die Welt wieder in Ordnung.

Nun kamen auch wieder die Leute und sagten:

„ Schau mal, wie schön und majestätisch die Eiche dort ist!"

Der Tanz der Derwische

„ Komm, wir müssen weiter", forderte sie ihn leise auf.

Er war kurz stehen geblieben um durchzuatmen.

„ Ich komm ja schon!", mumelte er etwas widerwillig zurück.

Sie waren bestimmt schon Stunden unterwegs gewesen. Von einem Museum zu anderen. Von einer Ruine zur nächsten. Steine, und immer wieder nur Steine. Jedes Mal Steine in anderen Formationen.

So folgte er einfach der kleinen Gruppe. Einfach die Straßen entlang. Die Gassen wieder hoch, dann wieder runter. Immer wieder Historisches betrachtend. Er immer als Letzter.

„ Vielleicht können wir kurz halten und einen Kaffee trinken?", schrie er nach vorne.

„ Sonst sehr gerne, aber wir müssen unseren Zeitplan einhalten. Wir schaffen es sonst nicht mehr zu den Derwischen!", konnte er von vorne hören.

„ Ich weiß nicht mal, was Derwische sind!", murmelte er etwas widerwillig vor sich hin.

„ Derwische sind eine Art Mönche, die im Kreis tanzen und sich dabei um ihre eigene Achse drehen. Sie tanzen sich dabei in Trance. Sie verlieren sich in ihrem Tanz durch das viele Drehen und ihrer Konzentration auf den Mittelpunkt. Langsam fangen sie an zu tanzen und werden immer schneller. Sie kommen erst wieder in die Realitat zurück, wen sie sich vollkommen entladen haben", erklärte sie ihm, als sie sein Murmeln gehört hatte.

„ Komm, das schaffst Du schon noch!", sprach sie ihm zu.

Es wurde irgendwie immer heißer, der Weg unendlicher, der Himmel höher.

„ Nicht mehr lange, nur noch ein paar Minuten, höchstens eine Viertel Stunde, dann sind wir da!", hörte er eine Stimme von vorne; derjenige gerade den Stadtplan zusammenfaltend.

„ Glaubt mir, es wird ein wahres spirituelles Erlebnis werden!"

Er folgte den anderen, Schritt für Schritt widerwilliger. Es wurde immer heißer und stickiger. Nur eine Tasse Kaffee oder einen Schluck Wasser!

Er sah nur noch Steine vor seinen Augen. Ein Fuß folgte dem anderen. Nur noch automatisch folgten die Bewegungen.

Ihn interessierte kein Derwisch, oder was auch immer das für Leute waren.
Und schon gar kein spirituelles Erlebnis.
Er wollte nur Kaffee trinken und ausruhen.

Weiter folgte er ihnen.
Sein Kopf wurde immer schwerer.
Warum war er hier?

Warum folgte er diesen Leuten in der Schlange an diesem Ort?

Die Sonne brannte in seinem Gesicht.
Steine und Museen und Steine und wieder Steine und kein
Kaffee!
Der Weg hörte nicht auf!

„ Kommst Du, komm, wir schaffen das noch."

Er hatte ihre Stimme gehört, aber irgendwie, wie aus ganz
weiter Entfernung.
Er sah nur noch Schemen um sich.
Ihm war, als ginge er im Kreis.

„ Die Derwische sind ein wahrhaftes Erlebnis", hörte er
immer wieder eine Stimme in seinem Kopf.

Alles drehte sich. Er war müde.
Wo war er eigentlich?

Er drehte sich im Kreis!
Er glaubte, sich um seine eigene Achse zu drehen!
Derwische ging ihm durch den Kopf!
Es war heiß.

Derwische und immer wieder Derwische!

Er wusste nicht mehr, wo er war.

Auf einmal blieb er stehen und fing an zu schreien:

„ Wisst Ihr, was Ihr könnt? Ihr könnt Euch Euere
.....Derwische in den.....schieben!!!"

Er kam wieder in die Realität zurück.

Sie war etwas schockiert.

Es tat ihm ja auch leid.

Sie war nicht böse.

Doch ein ganz kleines bisschen wusste er nun, wie es war, ein Derwisch zu sein!

Der kleine Park im Hof

Er wollte einfach alleine sein und nochmals über den vorherigen Abend nachdenken.
Lange war er schon durch die Straßen spaziert.

Sein Kopf fühlte sich schwer und er brauchte etwas um seine Gedanken zu sortieren.

Er ging einfach immer nur gerade aus, immer an den Häusern vorbei, die Straßen entlang.
Ohne ein Ziel.
Er dachte, er kannte eh jede Straße und jedes Haus.
Er wohnte schon seit Ewigkeiten in der Stadt.
Er hatte nichts beachtet, er wollte nur seine Gedanken in Ordnung bringen.

Auf einmal flog ihm ein kleiner Schmetterling ins Gesicht.

Er pustete, der Schmetterling verschwand aber nicht.
Er blieb stehen und plötzlich flog der Schmetterling durch einen kleinen Weg auf derselben Höhe, auf der er stand.

Er wusste nicht wieso, aber er ging den Weg entlang, dem Schmetterling folgend.

Er sah dort einen kleinen Park.

Der Schmetterling war auf einmal wieder weg.

So setzte er sich eben dort auf eine der Bänke.

Dort waren große Bäume, die ein bisschen Schatten gaben.

Es war mal wieder ein heißer Tag.

Er schaute sich um.

Es war eigentlich weniger ein Park, als ein als Park
angelegter Innenhof. Es gab zwei sich gegenüberstehende
Bänke. In der Mitte war ein kleiner Springbrunnen.
Daneben ein kleiner Sandkasten und eine Schaukel für
Kinder.
Rechts und links war der Innenhof begrenzt durch
Gebäudeseiten, nach hinten zur Straße durch die hohen
Bäume, nach vorne durch ein Gebäudeteil, offen zur Straße
durch den kleinen Weg.

Er kramte in seiner Jacke, holte eine Zigarettenschachtel
heraus und zündete sich eine Zigarette an. Den Rauch blies
er weit in die Luft.

Er versuchte weiter seine Gedanken zu sortieren.
Warum hatten sie sich gestritten?
Es ging mit ihr einfach nicht glatt.
Er hatte Kopfweh!

Er blickte sich um.

Er war der Einzige im Park
Was für ein eigenartiger Park war das überhaupt, so
versteckt hinter den Häusern, mit nur so einem
unscheinbaren Zugang?

Und dann der Springbrunnen und die Kinderschaukel!

Und dann keine Leute!

Es war so still, auch kaum Lärm von der Straße.

Er fühlte sich auf einmal so abgeschieden von der restlichen Welt.

Irgendwie hatte dieser Ort etwas Unbehagliches, gar Unheimliches.

Er wollte wieder gehen.

Er drückte seine Zigarette mit dem Schuh aus und stand auf.
Kaum war er aufgestanden, hörte er ganz leise eine Stimme.

„ Paul und ich graben jetzt ein großes Loch und Du schaust zu!", konnte er hören.

Es war die Stimme eines kleinen Mädchens.
Er blickte sich um.

Er war bestimmt einige Zeit dort gewesen, auf alle Fälle eine Zigarette lang, aber er hatte sie nicht gesehen!

„ Schau, so machen wir das", hörte er .

 Dann blickte er auf das Eck des Innenhofes, dort wo das eine Gebäudeteil mit den angrenzenden Bäumen war.

Dort saß ein kleines Mädchen und spielte.
Dort waren auch ein paar Spielsachen gelegen. Eine kleine Schaufel und ein Eimer, ein Teddybär und eine Stoffente.
Die Stelle kam ihm irgenwie versteckt und dunkel vor.
Sie hatte ihn auch nicht gesehen

Sie war vielleicht acht Jahre alt.

„ Hallo", sprach er sie an. „ Du spielst aber schön. Sind das Deine Freunde?"

„ Ja", erwiderte sie leise.

„ Möchtest Du ein bisschen schaukeln?", fragte er sie.

Er wusste nicht, warum er sie das fragte, aber es kam ihm
irgendwie in den Sinn.

Er ging mit ihr auf die kleine Schaukel zu, sie setzte sich
auf den Sitz und er stieß sie sachte an.

Er war ein bisschen verwirrt, aber er fand das kleine
Mädchen irgendwie lieb.

Vor und wieder zurück, vor und wieder zurück.

Ihre Beine streckte sie dann immer weit nach vorne, wenn
er sie anstieß und zog sie wieder an, wenn sie zurückkam.

So ging es mehrere Minuten.

„ Was machst Du denn hier so alleine, wohnst Du denn
hier? Wo sind denn Deine Eltern?"

Kaum hatte er ausgeredet, ertönte ein Gong aus dem
Gebäude.

„ Ich muss jetzt wieder gehen. Danke, daß Du mit mir
gespielt hast!"

Sie lief rüber in ihr Eck, sammelte ihren Bären, ihre Ente
und ihren Eimer auf und lief in das Gebäude, das einen
Hintereingang zum Park hatte.

Er hatte sich stark gewundert über dieses kleine Ereignis,
doch dann fiel ihm wieder sein eigener vergangener Abend

ein und er verließ schnell den kleinen Park und machte sich
auf den Weg nach Hause.

Am Abend war er erst spät ins Bett gegangen.

Aber als er sich in seinem Bett wälzte, fiel ihm das kleine
Mädchen vom Nachmittag wieder ein.
Würde sie jetzt auch schlafen?
Natürlich würde sie schlafen, kleine Mädchen schlafen
meist schon um Mitternacht.

Der Park war so eigenartig.
Sie war doch so lieb.

Am nächsten Tag stand er etwas früher auf und erledigte
noch ein paar Sachen, sonst hatte er frei. Er hatte Urlaub
und nicht viel zu tun, da dachte er, er laufe nochmal zu dem
kleinen Park.
Das Mädchen ging ihm den ganzen Tag über nicht aus dem
Kopf.

Er ging durch den kleinen Weg .

Der Brunnen plätscherte, sonst war es still. Kein Mensch,
außer ihm, war zu sehen, bis auf, er schaute in das dunkle
Eck, das kleine Mädchen. Sie saß dort und spielte mit ihrem
Teddybären.
Irgendwie hatte es ihn berührt, dass sie dort wieder alleine
in dem Eck spielte.

Er ging zu ihr rüber.
Sie hatte ihn beim Kommen nicht gleich gesehen.

„ Willst Du auch heute mit mir spielen?“, sprach er sie an.

Sie nickte, daraufhin setzte sie sich auf die Schaukel, er stieß sie an und sie fing an zu schaukeln.

„ Bist Du denn immer hier, ich glaube, Du wohnst hier? Gestern bist Du ja in die Tür dort rein gegangen!"

„ Dort oben ist mein Zimmer", sie zeigte auf ein Fenster im dritten Stock.

Er stieß sie wieder an.
Er fragte nicht weiter nach.

Das Schaukeln hatte ihr viel Spaß gemacht.

Er kannte sie ja gar nicht, außerdem hatte er eigentlich auch nie das Bedürfnis gehabt, mit kleinen Mädchen oder Jungen im Sandkasten zu spielen.
Doch sie tat ihm leid, wie sie so alleine da saß in ihrem Eck.
Sie hatte irgend etwas Trauriges in ihrer Art.

„ Komm, setzen wir uns ein bisschen in den Sand", forderte er sie heraus.

Sie setzten sich beide in den Sandkasten.

Ihren Teddybären hatte sie nicht losgelassen.
Er versuchte sich mit ihr zu unterhalten.

„ Also, ich bin der P... und wer bist Du?", er streckt ihr seine Hand zur Begrüßung hin.

„ Ich bin die Anna", sagte sie und gab auch ihm die Hand.
Sie war nicht schüchtern, hatte auch keine Angst vor ihm und auch keine Abneigung, sie war einfach etwas verschlossen und vorsichtig.

Sie hatte sich gefreut, dass er gekommen war, auch schon gestern, als er sie dann auch beim Schaukeln angestoßen hatte.

Sie war ein hübsches kleines Mädchen. Sie hatte einen blonden Pferdeschwanz und große blaue Augen und eine ganz zarte kleine Figur.

„ Und wer ist denn das?", er zeigte auf den Teddybären.

„ Das ist der Paul, das ist mein bester Freund!", erklärte sie.

„ Darf ich ihn auch mal sehen?"

„ Nein, der gehört nur mir!", sie drückte den Bären ganz

fest an sich.

„ Nein, ich wollte ihn doch gar nicht nehmen. Ich wollte doch auch nur zu ihm `hallo` sagen: Hallo Teddy" , sagte er.

Sie wich etwas zurück.

„ Du musst doch keine Angst haben, komm, wir schaukeln einfach wieder ein bisschen."

Sie setzte sich auf die Schaukel und sie schaukelten wieder. Ihren Teddy hatte sie dabei nicht losgelassen.

Es ertönte der Gong.

„ Ich muss wieder hoch!", sagte sie.

Sie ging zum Eingang.

„ Kommst Du morgen wieder mit mir spielen", drehte sie sich um und rief ihm zu.

„ Ja, ich komme morgen bestimmt wieder", rief er zurück.

Sie verschwand hinter der Tür.

Er setzte sich noch einmal auf eine der Bänke und zündete sich eine Zigarette an. Irgendwie kam ihm die Sache nicht ganz geheuer vor. Er wollte sich ein bisschen umschauen, der Platz hier war nicht ganz wirklich. Auch nicht dieser komische Gong.

Also ging er aus dem Hof heraus, um das Gebäude, und schaute sich um.

Dann sah er es. Es war doch kein großes Geheimnis.

Gleich neben dem kleinen Weg war die Eingangsportale des Gebäudes.

Ein großes Schild war zu lesen.

´Krankenhaus der barmherzigen Schwestern`

Es war also der Innenhof eines kleinen Krankenhauses. Deswegen der kleine Brunnen und so versteckt. Er war die ganze Zeit in einem Krankenhaus gewesen. Und die kleine Anna war wohl eine kleine Patientin.

Der Innenhof kam ihm aber dennoch etwas ungeheuer vor.

Er ging wieder nach Hause.
Auch an diesem Abend musste er an die kleine Anna denken.

Auch wenn sie krank war, wieso saß sie so alleine immer in ihrem Eck?
Wieso waren dort keine anderen Patienten?

Er kam am nächsten Tag wieder. Er hatte es ihr ja versprochen. Außerdem, wenn sie wirklich krank war, würde sie ihn ja zum Spielen bestimmt brauchen!

Er war wieder zur gleichen Uhrzeit da, wie am Tag zuvor.

Sie hatte ihn diesmal gleich begrüßt und ist gleich auf ihn zugerannt.

„ Hallo, schön, daß Du wieder da bist!", sagte sie.

Er glaubte, dass sie sich ein bisschen gefreut hatte.
Also spielten sie im Sand und schaukelten, wie üblich.

Am nächsten Tag dasselbe.

Und wieder schaukelten sie.

Sie hatte sich ganz sehr gefreut und hatte nun immer ganz laut gelacht, wenn er sie mit der Schaukel von sich stieß.
Er hatte sie vorher noch nicht lachen hören.
Es war das erste Mal.

Der Gong ertönte wieder.
Es war wohl der Gong zum Abendessen.

„ Kommst Du morgen wieder?", fragte sie ihn beim Gehen.

„ Aber natürlich spielen wir morgen wieder."

Sie winkte ihm nochmal nach, bevor sie in den Eingang huschte, natürlich mit dem kleinen Bären im Arm.

Er hatte sie jetzt nur ein paar Mal gesehen, doch irgendwie
hatte er sie lieb gewonnen.

Als er wieder auf der Straße war, kam ihm der Gedanke.
Er ging zur Hauptpforte und betrat das Krankenhaus.

Dann ging er zum Empfangsschalter.
Dort saß eine katholische Schwester.

„ Könnten sie mir vielleicht helfen?
Es geht um das kleine Mädchen Anna, die immer hinten im
Hof sitzt und spielt. Ich würde gerne wissen, was sie hat
und warum sie immer dort alleine spielt", fragte er.

„ Sind Sie ein Verwandter des kleinen Mädchens?",
erwiderte sie.

„ Nein, aber ich habe ein paar Mal mit ihr gespielt und ich
würde gerne weiter mit ihr spielen",
meinte er nochmals.

„ Wir dürfen Fremden keine Auskunft geben!",
gab sie zurück.

Die Schwester sah aber, wie er enttäuscht schaute, und sie
glaubte zu erkennen, dass er keine bösen Absichten hatte.

„ Also, ausnahmsweise. Warten sie kurz!"

„ Schwester Agnes", rief sie durch die Halle.

„ Sie wird Ihnen weiterhelfen."

Er bedankte sich und erklärte der Schwester Agnes, als sie
kam, seine Besorgnis um das kleine Mädchen.

„ Sehen Sie, die kleine Anna liegt uns schwer am Herzen.
Sie ist das einzige Kind in unserer Klinik. Sie ist seit
einigen Wochen zur Untersuchung hier. Sie ist Waise. Man
hat sie aus dem Kinderheim hier hergebracht, weil sie kaum
mehr gegessen hatte und mit niemanden mehr gesprochen
hatte. Der Arzt meint, ihr Zustand sei kritisch.
Eine genaue Diagnose kann er nicht machen.
Aber es besteht die Chance dass sie sterben müsse.
Sie wird jeden Tag neu untersucht",
berichtetete sie ihm.

„ Darf ich manchmal trotzdem vorbeikommen und sehen,
wie es ihr geht?"

„ Ich denke, es wird wohl nicht schaden."

Er ging nach Hause.
Seine eigenen Probleme waren nicht mehr so wichtig.

Am nächsten Tag war er wieder dort.

Sie kam gleich auf ihn zu.

„ Willst Du mit mir ein Eis essen gehen?
Ich weiß, wir dürfen wohl hier nicht den Hof verlassen,
aber die Eisdiele ist gleich auf der anderen Straßenseite, es
wird bestimmt keiner merken", fragte er sie gleich.

„ Aber nur, wenn der Paul auch mitkommen kann!",
erwiderte sie etwas unsicher.

„„Ja klar, und die kleine Ente auch."

Sie lächelte auf eimal.

„ Also, ganz leise und vorsichtig", flüsterte er ihr zu, während er seinen Zeigefinger über die Lippen hielt.

Und so stahlen sie sich hin zum kleinen Weg, bis hin zur Straße.
Er nahm ihre Hand und sie überquerten sie ganz schnell.

Und so bestellten sie sich ein ganz ganz großes Eis!
Er, sie, der Teddybär und die Ente!

„ Schmeckt es Dir auch?", fragte er sie.

„ Ja klar!"

Sie konnte nicht genug davon kriegen.

Er machte sich ein paar Sorgen, ob sie vielleicht Bauchweh davon bekommen würde.
Aber sie freute sich und das war die Hauptsache.

Er hoffte, dass sie nicht sterben würde.

Dann brachte er sie wieder zurück zum Hof.

Er ging glücklich nach Hause, seine Verabredung für den nächsten Tag stand.

So ging es dann auch die ganze nächste Woche.

Er merkte, wie entspannter und wie offener sie geworden war.
Er hatte sie nie auf ihre Eltern hin angesprochen und auch nicht auf ihre Krankheit.
Doch diesmal fragte er sie, wie sie sich fühle.

„ Ich fühle mich gar nicht krank.

Doch ich habe Angst, dass ich sterben muss.
Ich möchte doch wieder Eis essen.
Der Doktor hat zur Schwester gesagt, dass ich vielleicht
sterben muss!"

Sie hielt ihren Teddy noch fester im Arm.

„ Nein. Du wirst ganz bestimmt wieder gesund. Du musst
ganz bestimmt nicht sterben.
Bestimmt nicht!"

Kaum hatte er dies ausgesprochen, kam ein kleiner
Schmetterling wie aus dem Nichts auf die beiden
zugeflogen und setzte sich auf das kleine Näschen des
Mädchens, blieb dort kurz sitzen und flog gleich wieder
hoch.
Und war auf einmal ganz weg!

Er musste sofort an den Schmetterling denken, als er das
erste Mal vor dem kleinen Weg vor dem Hof stand.
Er hätte schwören können, es war derselbe gewesen.

„ Hast Du den Schmetterling gesehen, war der nicht süß?",
meinte sie gleich.

Nun kam es mit ganz fester Stimme aus ihm heraus:

„ Liebe Anna, ich verspreche, Du wirst wieder gesund!"

Er brachte sie wieder zur Tür.

„ Ich kann morgen und übermorgen nicht kommen, aber
dann bin ich wieder da und wir spielen wieder!"

Er flüsterte so, dass es niemand hören sollte: „ Vielleicht
können wir dann auch wieder Eis essen gehen.

Also mach Dir keine Gedanken!"

Er gab ihr ein kleines Bussi auf die Stirn.

Auch sie küsste ihn zurück.

Sie hatte sich gefreut.

Er ging wieder zum Weg. Sie winkte ihm vom Eingang nach.

Die nächsten zwei Tage musste er ein paar Sachen erledigen und konnte sie so nicht besuchen kommen. Sein Urlaub war bald wieder zu Ende, genauso wie der Sommer.

Er freute sich aber auf seinen Besuch.

Es waren zwei Tage vergangen und er spazierte wieder auf den Hof.

Er konnte sie nicht sehen.
Nirgends war sie auffindbar.
Sein Herz klopfte.
Hoffentlich war doch nichts passiert.

Schon kam die Schester Agnes auf ihn zu.

„ Ich suche die kleine Anna. Ihr ist doch nichts passiert?"

„ Nein, der Anna geht es gut. Man hat sie heute morgen weggebracht. Sie wird zu sehr netten Pflegeeltern kommen. Man hat sie das ganze Wochenende untersucht. Sie war aufeinmal kerngesund.
Es hat ihr wohl nur ein bisschen Lebensfreude gefehlt.
Ach Ja...

Hier ist noch ein kleines Abschiedsgeschenk von ihr."

Sie überreichte ihm ein zusammengefaltetes Blatt.

Darauf war ein gemalter Schmetterling mit weißen Flügeln,
schwarzen Flecken und roten Punkten.

„ Die Anna hatte es für Sie gemalt."

Er bedankte sich und ging wieder auf den kleinen Weg zu.
Er war sehr glücklich.
Das Bild würde er immer behalten.

„ Ich glaube, wir müssen Ihnen sehr dankbar sein",
rief die Schwester ihm noch nach.

Er rief zurück:

„ Nein, danken sie nicht mir, danken sie dem
Schmetterling!"

Dann ging er wieder durch den kleinen Weg zur Straße.

Die Gang

Sie hatten sich immer so gegen acht getroffen. Das heißt, nicht genau um acht, mehr so dann, wenn die Sonne untergeht. Dies war immer so um acht.

Sie trafen sich immer an der gleichen Ecke.
Dann ging es zusammen um die Häuser.
Jeden Tag dasselbe.
Es gab keinen Tag, an dem sie sich nicht trafen. Immer dieselben Vier.
Die vier Freunde blieben sich treu.

Es war ihr Viertel.
Gleich unten am Hafen. Nicht ganz so viel Verkehr, nicht ganz so viele Menschen und nicht ganz so viele Autos.
Trotzdem gab es viele Restaurants und Cafes und Geschäfte.
Und sogar freundliche Menschen. Die Besitzer der Cafes und Restaurants hatten sie immer begrüßt, wenn sie abends vorbeiliefen.
Man kannte sie im Viertel.
Es hieß dann immer wieder: „ Schau, dort kommt wieder die Gang."

Denn sie waren die berüchtigste Gang des Hafenviertels.

So streunten sie umher, jede Nacht bis zwei, drei Uhr. Fast immer, bis das letzte Geschäft oder die letzte Bar auch schloss.

Dann trennten sie sich wieder und gingen ihre eigenen Wege, bis zum nächsten Abend.
Tagsüber schliefen sie meist. Irgendwo an einem schattigen Plätzchen.

Es war ja auch unerträglich heiß!
In diesen Sommer hatte es manchmal über fünfunddreißig
Grad, erst am Abend, wenn die Sonne unterging, hatte man
wieder Lust, unterwegs zu sein.
Jedenfalls waren sie unzertrennlich, die Vier.

Sie hatten keine Namen.
Nie hatte einer ihnen einen Namen gegeben.
Sie sind ja auf der Straße aufgewachsen.
Wenn sie kamen, die Gang, nannte man sie nur „der
Große", „ der Kleine", „der Schwarze", und „der Braune".

Die vier Freunde waren Streuner, undefinierbare
Promenademischungen. Eine bestimmbare Hunderasse war
bei keinem herauszubeschreiben. Die einfachste
Bezeichnung war am besten, der eine war klein, der andere
groß, einer schwarz und einer braun.
Trotzdem waren sie unverkennbar.
Auch weil sie immer zusammen waren. Nie waren sie
alleine unterwegs.

Tagsüber hatte man sie nie gesehen.
Der Chef der Gang war wohl der Große.
Er war eine Art Anführer der Gang. Er schritt als Erster, die
anderen drei anführend durch die Straßen und um die
Ecken.
Die anderen drei ihm dann folgend. Stolz trug er seinen
kräftigen Körper durch das Revier, als ob er auch auf seine
Freunde aufpassen würde. Der Kleine rannte dann meist
ihm hinterher. Die anderen zwei den beiden meist
nebeneinander folgend.
Die Vier hatten sich aber nie aus den Augen gelassen.

Und so streunten sie durch die Straßen, durch die dunklen
Gassen, an roten Leuchtschriften vorbei, an Kneipen und

Fischrestaurants, an den Cafes, vor denen noch bis spät in die Nacht Leute saßen und tranken und aßen.

Wie gesagt, die Wirte des Viertels kannten sie und so gab es fast jeden Abend einen alten Knochen oder ein Stückchen Fisch. Obwohl sie Fisch gar nicht so sehr mochten. Auch die Leute in den Cafes, warfen ihnen öfter etws zu. Sie waren ja im Viertel bekannt.

Eigentlich war es fast wie im Paradies, wie sie lebten. Eine Ausbeute von unaufhörlicher Reiche.
Sebst die Mülleimer waren immer voll.

Doch eines war wichtig, man war sich immer treu.
Sie hatten ihre erzielten Beuten auch immer geteilt.
Sie waren ja auch vier Freunde!

Nicht zuletzt die berüchtigste Gang des Hafenviertels!

Und so streunten sie zusammen, jeden Abend.
Jeden Abend, wenn die Sonne unterging an derselben Ecke.
Abend für Abend.

Doch an einem Abend war etwas anders als sonst.
Die Sonne war untergegangen, schon längere Zeit.

Und so standen sie da, an ihrer Ecke! An derselben Ecke wie sonst an jedem Abend.
Doch es waren nur drei.
Der Große war nicht gekommen.
Sie warteten, doch ihr Anführer kam nicht.

Er war am Morgen, als er über die Straße lief, von einem Auto überfahren worden.

Sie waren sehr traurig, ihren Anführer verloren zu haben.

Aber leider ist es eben manchmal so; und das Leben geht dennoch weiter.

Am nächsten Tag trafen sie sich wieder um acht, nicht genau um acht, aber so in etwa, als die Sonne wieder unterging.
An derselben Stelle wie immer.

Dann streunten sie wieder um die Häuser, auf Beutezug, bis die letzten Geschäfte oder Bars zumachten.

Sie waren ja die berüchtigste Gang des Hafenviertels!

Der Bär

Leicht streichelte sie über seinen Arm, dann wieder über
die Wange und über den Bauch.
Wieder über den Bauch und über den Kopf und die Stirn.
Ganz zärtlich strichen ihre Finger über ihn. Sie küsste ihn.
Erst auf die Stirn, dann ganz fest auf den Mund.
Immer wieder.
Dann umarmte sie ihn und drückte ihn ganz fest an sich.

„ Ich hab Dich lieb."

Ihn fest umarmt, schlief sie ein.

Ein paar Tage später war sie in einer anderen Stadt.

„ Seh ich Dich wieder ?", rief sie noch zurück.

„ Keine Ahnung, kannst ja anrufen, wenn Du mal wieder in
der Stadt bist", er schloss die Tür hinter sich und ließ sie
einfach stehen.

Langsam ging sie die Teppen des Treppenhauses hinunter.
Er hatte im dritten Stock gewohnt.
Sie blieb noch kurz stehen und zog ihren Lippenstift nach.
Die Sonne schien schon früh durch die
Treppenhausfenster und reflektierte in ihrem Handspiegel.
Sie packte Lippenstift und Spiegel wieder in ihre Tasche
und verließ das Haus.

Sie machte einen langen Spaziergang durch die Straßen.
Sie kannte die Stadt, sie war öfter hier. Um genau zu sein,
jeden zweiten und dritten Donnerstag im Monat.

In diesem Teil der Stadt war sie jedoch das erste Mal.
Es war dort ihr erster ´Besuch`, wie sie es nannte.

Sie wollte einfach noch ein bisschen spazieren, einfach ein
bisschen alleine sein.
Sie wusste, sie müsse nur noch ein bisschen am Fluss
entlang gehen, dann würde sie den Park erreichen.
Noch durch den Park, dann würde sie sich ein Taxi
nehmen.
Ihr Gepäck hatte sie am Flughafen gelassen.
Es war nur eine kleine Tasche, eine extra Uniform,
Unterwäsche und etwas Kosmetik. Sie brauchte ja nicht
viel.

Auf dem Weg durch den Park hielt sie bei einem Stand an
und trank einen Kaffee im Stehen, und noch einen, sie war
etwas müde, und sie spürte noch den Alkohol vom Abend
davor.

Ein junges Pärchen joggte an ihr vorbei, auch nicht viel
jünger als sie. Oder doch viel jünger als sie?
Sie dachte, dass die Jahre doch ziemlich schnell vergangen
sind.
Dann schlenderte sie weiter und nahm sich ein Taxi zum
Flughafen.
Nur noch ein einhalb Stunden Dienst, dann ist sie wieder zu
Hause.

Sie freute sich immer wieder auf zu Hause.
Es war das Schönste für sie, zu Hause zu sein.
Zu Hause, in ihrer alten Geborgenheit.

Insbesondere und gerade deswegen freute sie sich auf zu
Hause, weil sie wusste, dort ist sie nie alleine, es würde
immer jemand auf sie warten.

Und dann konnte sie wieder wegfliegen.
Weg, wieder in die Freiheit!

Der Dienstplan sah so aus, dass sie durchschnittlich
zwischen vier und fünf Tagen die Woche arbeitete und zwei
bis drei Tage frei hatte.
Bei den Flügen war sie nicht immer an einem Stück weg,
meistens übernachtete sie doch wieder zu Hause, weil sie
für den Rückflug am selben Tag eingeteilt wurde. Aber ein
bis zwei Übernachtungen die Woche in einer anderen Stadt
waren der Normalfall.
Meist war die wöchentliche Route gleich.
Grundsätzlich wurde sie nur quartalsweise geändert.

Mit dem Taxi fuhr sie auch wieder in ihre Wohnung, sie
sperrte auf.

„ Hallo, ich bin wieder da", rief sie als Erstes.

Sie lief zu ihm rüber, legte sich ins Bett und nahm ihn in
die Arme.
Sie war müde. Sie umklammerte ihn fest und schlief ein.

Am nächsten Tag ging es in die nächste Stadt.

Cola, Bier, Gin Tonic, belegte Brötchen, bei längeren
Flügen auch etwas Warmes.
Ein Fluggast lächelte sie an und schob ihr seine
Visitenkarte zu. Sie lächelte zurück.

Am nächsten Morgen, stand sie wieder in irgend einem
Treppenhaus, zog wieder ihren Lippenstift nach und nahm
wieder ein Taxi zum Flughafen.

Sie liebte die Freiheit, denn sie wusste, zu Hause wartet
jemand auf sie.

Nach ein paar Tagen ging es wieder weiter.
Wieder in die Ferne. Auch wenn die Ferne nicht so weit
weg war.
Irgend ein Fluggast hatte sie immer angelächelt und wenn
es kein Fluggast war, fand sich doch immer ein Lächeln in
einer Hotelbar.

„ Seh ich Dich wieder ?", fragte sie ihn am nächsten
Morgen.

„ Komm, es war schön mit Dir, aber jetzt hau ab und lass
mich in Ruhe", war von ihm zu hören.

Sie dachte sich nichts über solche Schroffheiten, denn sie
wusste ja, dass jemand zu Hause auf sie warten würde.

Sie ging am liebsten in die Parks der Städte um
durchzuatmen und wieder alleine zu sein.
Es gab dort auch immer einen Kaffee oder so.

Und wieder beobachtete sie die jungen Leute beim Ballspielen oder Joggen, beim Händchenhalten und auf den
Wiesen einfach liegend und sich haltend und umarmend.

Denn es war wieder einmal ein heißer Tag diesen Sommer.

Sie war noch nie mit einem Jungen händchenhaltend durch
den Park gegangen. Sie war auch noch nie gemeisam
Joggen oder Ballspielen.
Und wenn, war es schon lange her, so dass sie sich kaum
erinnern konnte.

Die letzten Jahre vergingen schnell.

Sie nahm noch einen tiefen Schluck Kaffee, denn sie fühlte
sich noch ein bisschen müde und spürte noch etwas den

Alkohol vom Abend zuvor.

Sie ging weiter und nahm sich wieder ein Taxi zum Flughafen.

Aber sie freute sich ja immer auf zu Hause.

Zu Hause angekommen, sperrte sie auf und lief gleich rüber, um ihn in den Arm zu nehmen.

Sie streichelte ihn an der Wange und am Arm, dann an seinem Bauch. Sie küsste ihn ganz fest auf den Mund. Und wieder streichelte sie ihn und drückte ihn und küsste ihn.

„ Ich hab Dich lieb."

Dann umarmte sie ihn wieder ganz fest und schlief, ihn fest haltend, ein.

Am nächsten Tag ging es wieder weiter.

Sie hatte ihn nie mitgenommen, er durfte nicht dabei sein, wenn sie unterwegs war. Er sollte auch nicht wissen, was sie so macht, er sollte zu Hause auf sie warten und die Stellung für sie halten.
Sie wollte wissen, dass er immer da ist, wenn sie wieder kommt. Denn er gab ihr das Gefühl von zu Hause.
Denn er war ihr Ein und Alles.

Wieder waren ein paar Wochen vergangen.
Sie musste wieder los in die nächste Stadt.

„ Kann ich Sie auf etwas einladen?"

„ Aber sicher."

Am nächsten Morgen zog sie ihren Lippenstift wieder nach.
Ihre Wimperntusche war ganz verschmiert.
Vordem sie ging, hatte sie sich im Waschraum noch etwas
frisch gemacht.
Sie schaute sich an. Sie war alt geworden, doch so alt war
sie doch gar nicht.
Sie wischte sich die Augen. Sie hatte geweint letzte Nacht.
Er hatte es nicht gemerkt, und wenn, war es ihm egal.
Es war auch ihr egal. Sie hätte ihn sowieso nicht wieder
gesehen. So, wie sie eigentlich alle kaum wiedersieht.

Zu einem zweiten ´Besuch` kam es selten.
Es blieb meistens nur bei einem.

Dann besuchte sie noch ein Cafe. Sie trank einen Kaffee,
denn sie war, wie immer, noch müde und spürte noch den
Alkohol. Die Nacht war nicht sehr erfreulich gewesen.
Ein junger Mann, der an der Theke neben ihr saß, bot ihr
ein Taschentuch an, als er merkte, dass sie schnupfte.
Sie nahm dankend das Taschentuch, beachtete ihn aber
weiter nicht.

Dann verließ sie wieder das Cafe.
Etwas spazieren, sie hatte ja noch Zeit, und dann wieder
zum Flughafen.

Wieder ging sie die Straßen entlang.
Wieder sah sie die jungen Leute auf der Straße.

Sie wollte nur wieder nach Hause.
Dann ging der Flug. Nur zwei Stunden.

Es war ja alles nicht so schlimm, sie hatte jemand, der auf
sie wartete!
Diesmal war sie noch sehnsüchtiger ihn zu sehen um ihn zu
halten und ihn zu küssen und ihm alles zu erzählen.

Sie wäre gleich bei ihm.

Sie nahm ein Taxi nach Hause.

Es war wieder ziemlich heiß, so war auch der Flug anstrengend. Besonders durch den Gegensatz des gekühlten Flugzeuges durch die Klimaanlage und der Hitze am Boden.

Auch deswegen wollte sie schnell nach Hause.

Sie bezahlte das Taxi, nahm ihren kleinen Koffer, sowie ihre Kostümjacke, und stieg aus dem Taxi aus. Sie wohnte in einem großen Appartementgebäude, ziemlich in der Mitte der Stadt.

Unten wartete sie auf den Aufzug. Sie konnte es kaum erwarten, ihn zu sehen.
Denn sie wusste, er würde immer da sein, wenn sie nach Hause kommt.

Sie sperrte die Tür auf.

„ Hallo, ich bin wieder da!", rief sie, wie immer.

Doch irgend etwas stimmte nicht.

Die Wohnung schaute anders aus.
Überall lagen Sachen auf dem Boden.
Bücher lagen herum und zerbrochene Bilder lagen neben der Wand.
Blumentöpfe waren umgestoßen.
Der Schreibtisch war volkommen durchwühlt.

Bei ihr war eingebrochen worden!

Ihre erste Reaktion war, wo ist er?

Und wenn alles geklaut wurde, vollkommen egal.
Solange er noch da war!
Man durfte ihn ihr nicht klauen!
Er war doch alles, was sie hat!
Man hat bestimmt nur eingebrochen um ihn zu klauen!
Es war ihr absolut klar, dass man nur einbrach um ihn ihr
wegzunehmen!
Es war bestimmt ein Plan, man wusste, sie sei nicht zu
Hause.
Man hatte ihn ihr einfach nicht gegönnt.
Sie war fest überzeugt.

Sie rannte ins Schlafzimmer. Er saß dort immer auf dem
Bett.

Er war nicht dort.

Sie durchwühlte das Bett. Er war nicht aufzufinden.
Auch im Schlafzimmer war alles durcheinander.
Die Einbrecher hatten auch hier gewütet.

Die Unordnung war ihr egal.
Sie durchwühlte alle Schubladen und Schränke, die schon
durchwühlt waren. Sie kroch unter das Bett und lief
zwischen Schlafzimmer und Wohnzimmer hin und her.

„ Wo bist Du nur, wo bist Du nur?", schluchzte sie.

Man könne ihr alles wegnehmen, nur nicht ihn.

„ Wo bist Du nur! Wo bist Du nur!"

Weiter durchwühlte sie die Schränke und Schubladen, warf alle Blätter und Bücher in die Luft, die schon vorher auf dem Boden lagen.

Sie wurde immer verzweifelter und aufgeregter.
Sie fing an zu heulen.

Dann ging sie ins Bad, um sich das Gesicht abzukühlen.

Auf einmal sah sie ihn!

Er saß auf dem Badewannenrand.
Sie hatte vergessen, dass sie, vordem sie abflog, ihn dort hingesetzt hatte.

Jedenfalls saß er dort, der kleine weiße Teddybär und schaute sie mit seinen Knopfaugen groß an.
Er war doch noch da und hatte auf sie gewartet!
Wie er sie anschaute, hätte man meinen können, er wäre wirklich lebendig.

Sie war noch nie so glücklich gewesen.

Sie nahm ihn in den Arm und warf sich mit ihm auf das Bett.

Die Unordnung in der Wohnung war ihr egal, denn sie hatte ihn wieder.

Es war für sie so, als ob er lebendig wäre.
Sie dachte nicht nur, er sei lebendig, sie wusste es.

Denn er war alles, was sie hatte!

Sie streichelte ihn über seinen Arm, dann wieder über die Wange und den Bauch.

Wieder über den Bauch und den Kopf und die Stirn.
Ganz zärtlich strichen ihre Finger über ihn.

Sie küsste ihn. Erst auf die Stirn, dann ganz fest auf den
Mund.
Immer wieder.

„ Ich hab Dich lieb."

Ihn fest umarmt schlief sie dann ein.

Der Kuchen

„ Und hiervon auch noch zwei Stücke, bitte!"

Er deutete auf zwei Stück Apfelkuchen an der Kuchentheke im Supermarkt.
Die Verkäuferin packte ihm seinen Kuchen in ein kleines Päckchen und gab es ihm.
Er war am Nachmittag eingeladen und sollte Kuchen mitbringen.

An Dosen und Suppen und Nudeln vorbei, machte er sich auf den Weg zur Kasse.
Etwa in Höhe der Dosensuppen, musste er stehenbleiben.
Eine riesige Wasserlache hatte sich auf dem Boden gebildet.
In dicken Tropfen regnete es von der Decke.

„ So eine Schlamperei, so wo kann man ja wirklich nicht einkaufen", hörte er eine Stimme hinter sich, halb sich beschwerend, halb lachend.

Er drehte sich um. Es war eine Nachbarin. Sie wohnte ein paar Stockwerke unter ihm, im ersten Stock, gleich über dem Supermarkt.
Der Supermarkt befand sich unten im selben Gebäude.

Sie blickten beide auf den kleinen See.

„ Ja, ja, dort oben hat einer bestimmt etwas auslaufen lassen!", meinte er zu ihr. „ Der bekommt bestimmt Schwierigkeiten, da oben."

„ Ja, so ein armer Mensch", lachte sie.

Sie lachten beide, etwas schadenfroh.

Vorbei an der Wasserlache gingen sie dann zusammen zur Kasse.
Die Lache war kein Thema mehr.

„ Wie geht's Dir so, hab Dich schon länger nicht mehr gesehen?", fragte er sie, als die Kassiererin abkassierte.

„ Um ehrlich zu sein, ziemlich gut, ich fühl mich auch richtig ausgeglichen und ruhig zur Zeit. Die Ruhe diesen Sommer tut mir einfach gut", erklärte sie ihm.

„ Ja, bei mir ist es ähnlich, jetzt wo Du es erwähnst, ich fühl mich auch richtig in mir ruhend, ohne Hektik und so", meinte er wiederum.

„ Die Ruhe, wichtig ist nur die Ruhe, bloß keine Hektik, keinen Streß!"

„ Man darf sich nie aus der Ruhe bringen lassen, egal was passiert. Nur den Blick aufs Wesentliche. In der Ruhe liegt die Kraft!"

Sich noch etwas unterhaltend, verließen sie gemeinsam den Laden. Es waren nur ein paar Schritte bis zur Eingangstür des Gebäudes.
Auf einmal hörten sie einen großen Knall, nicht weit weg von ihnen. Es hörte sich so an, als ob etwas aus großer Höhe heruntergefallen wäre.
Sie blieben beide stehen.

„ Hast Du das eben gehört?", sagte er.

„ Ja, dort ist von oben wohl einem etwas vom Balkon gefallen", meinte sie, „ Hoffentlich ist nichts passiert, dass jemand verletzt wurde oder so. Der bekommt bestimmt Schwierigkeiten", meinte sie dazu.

Sie schmunzelten beide.

Auf einmal wurde er bleich.

„ Mein Blumentopf!", stieß er heraus.
„ Er steht immer ganz wacklig auf der Brüstung", mit plötzlich leichter Hektik in seiner Stimme.

Im selben Moment wurde sie bleich.

„ Meine Waschmaschine!", schrie sie auf einmal.
„ Ich wohn doch gleich über dem Supermarkt", mit noch mehr Hektik.

Sie schauten sich beide an.
Beide auf einmal nervös.
Fast in Panik.

„ Mein Blumentopf!", schrie er.

„ Meine Waschmaschine!", schrie sie.

Beide fingen an zu laufen. Sie rannten durch die Eingangstür ins Gebäude, die Treppen hinauf.
Als ob sie um ihr Leben rannten, vollkommen außer sich.
Dann trennten sich ihre Wege, er musste noch ein paar Stockwerke höher laufen. Sie schauten sich gegenseitig völlig verwirrt an und verabschiedeten sich nur mit den Worten:

„ Meine Waschmaschine!"
„ Mein Blumentopf!"

Er rannte weiter.
Sie war verschwunden und er schaffte es hoch in seine
Wohnung.
Er öffnete die Tür und rannte durch die Wohnung auf den
Balkon.

Der Blumentopf stand dort, wie immer.

Er wischte sich den Schweiß von der Stirn, packte seinen
Kuchen, den er die ganze Zeit nicht losgelassen hatte und
beschloss nun zu seinem Auto zu gehen, um sich auf den
Weg zu machen zu seiner Kuchenverabredung.

An seinem Auto angekommen, kramte er nach seinem
Autoschlüssel.
Er war doch sonst immer in dieser Tasche!

Er stellte seinen Kuchen auf das Dach des Autos über dem
Fahrersitz und kramte weiter.

Endich fand er ihn in seiner Hosentasche.
Er setzte sich ins Auto und fuhr los.

Durch Zufall traf er seine Nachbarin vom Vormittag am
Abend wieder, als er nach Hause kam.

„ Wie geht's, wars Deine Waschmaschine?", fragte er sie.

„ Nein, nochmal Glück gehabt. Und Dein Blumentopf?"

„ Nein, meiner stand noch, nochmal Glück gehabt."

„ Also, wir sehen uns dann auf einen Kaffee",
verabschiedete er sich in vollkommener Ruhe.

„ Ja gerne, also bis bald", verabschiedete sie sich, ruhig wie immer.

Beide fühlten sich erleichtert über diesen Tag.

Nur eines wunderte ihn immer noch.
Er konnte sich nicht erklären, warum der Kuchen verschwunden war.

Der Pool

Es war mal wieder ein heißer Sommer.
Die Sonne spiegelte sich im Wasser.
Die Wellen gaben ein leichtes Plätschern von sich.

Er drehte sich vom Rücken wieder auf den Bauch.

Es war ein sehr altes Schwimmbad.
Auch nicht sehr groß. Für große Sportler kaum geeignet.
Man konnte höchstens eine halbe Bahn schwimmen.
So war der Pool eigentlich nur zur Abkühlung gedacht oder
einfach nur, um ein bisschen rumzuplantschen.

Gleich vor dem Pool war eine alte Villa. Auch schon etwas
runtergekommen. Das heißt, der Pool gehörte früher zur
alten Villa.
Es war schon lange her, dass jemand die Villa besaß oder
dass jemand dort gewohnt hatte. Bestimmt schon fünfzig
oder sechzig Jahre her.
Die Villa wurde Städtisches Eigentum für die
Parkverwaltung oder so. Dem Pool gab man dann
öffentlichen Zugang.

Aber wie gesagt, er war klein. Er hatte vielleicht fünfzehn
mal fünf Meter Fläche. Um ihn herum waren Steinplatten.
Natürlich war alles nicht mehr im besten Zustand.

Gräser wucherten zwischen den Ritzen der Steinplatten. An
die Steinplatten grenzte der Rasen, dieser war umgeben von
einem Zaun.

Die Villa war vom vorderen Ende des länglichen Teils des
Beckens nicht weiter als zehn oder fünfzehn Meter entfernt.

Große Bäume und Büsche waren um die Anlage angepflanzt gewesen, so dass die Anlage eigentlich vollkommen von außen abgesperrt war.
Es war nur eine kleine Anlage.

Es kamen auch kaum mehr Leute zum Baden hierher.

Schon vor mehreren Jahren hatte, nur ein paar hundert Meter weiter, ein großes Schwimmbad eröffnet, für die ganze Familie, mit mehreren Becken und einem Sprungbecken und einem Cafe und natürlich einer großen Liegewiese.

Aber dieser kleine Pool war eher ein Geheimtipp. Kaum einer kannte ihn noch. Es kamen auch immer die selben wenigen Leute her.
Er sollte wohl eh bald geschlossen werden.
Er war einfach nicht mehr in einem guten Zustand, obwohl sich der Hausmeister immer bemühte.

Die, die aber kamen, hatten ihn geliebt, den kleinen Pool!

Auch schon frührer, als er noch Schüler war, ist er immer hierhergekommen.

Jedenfalls war er in diesem Sommer wieder hier, nach vielen Jahren. Er war nun fast jeden Tag wieder hier gewesen.

Er drehte sich nochmal um und schaute in die Sonne. Er beobachtete, wie ein kleines Wölkchen sich langsam vor die Sonne schob.
Ganz langsam, Stückchen für Stückchen, schob es sich davor. Es wurde ganz kurz etwas dunkler, dann war es schon wieder weg. Die Sonne schien wieder ganz hell.
So verbrachte er seine Tage.

Aber so hatten auch die anderen ihre Tage verbracht.
Es waren, wie gesagt, immer dieselben Leute da.
Tag für Tag!

Gesprochen hat jedoch kaum einer miteinander, obwohl
man sich schon über die Zeit kannte.
Es kam auch nie ein anderer dort hin.
Aber es gab ja auch das große Bad, nur ein paar hundert
Meter weiter.

Wer hier herkam, wollte nur hier sein.

So hatte auch jeder seinen Stammplatz am Pool.
Er lag immer vorne rechts am kürzeren Ende des Beckens,
gleich am Becken auf den Steinen.
Und so verteilten sich die Leute jeweils um das Becken, auf
ihren jeweiligen Stammplätzen.

Auf der anderen Beckenseite, ihm gegenüber, saß inmer der
ältere Mann mit seiner jungen Freundin. Sie war wohl
zwanzig, wenn nicht dreißig Jahre jünger als der Mann.
Geredet hatten sie nie miteinander, sie cremten sich nicht
einmal gegenseitig ein, sie saßen und lagen nur
nebeneinander den ganzen Tag.
Tag für Tag!

Längs des Beckenrandes lag eine ältere Frau. Sie starrte
immer endlos in die Ferne.
Ein Blick, als durchdringe sie die Wolken und den ganzen
Himmel, bis in die Unendlichkeit.

Daneben zwei weitere, sie gehörten wohl nicht zusammen,
sie lagen auch nie direkt nebeneinander, aber sie gingen
immer zur gleichen Zeit ins Wasser und gingen auch immer
gleichzeitig aus dem Wasser raus. Das Seltsame an ihnen
war, dass sie dann immer die Badekleidung wechselten.

Alle Stunde ein Bad und wieder ein Wechsel des Badezeuges. Sie mussten wohl viele Badesachen gehabt haben.

Dann blickten sie in die Sonne, ganz gerade aus, und ließen sich bräunen.
Wie zwei wandelnde Statuen.

Ein weiterer Mann saß immer an der anderen länglichen Seite des Beckenrandes. Er hatte den ganzen Tag nur gelesen, unendlich viele Zeitungen hatte er immer dabei und dort nur gelesen, sein Blick war immer nur auf die Zeitung gerichtet, nie machte er etwas anderes.

Er schien einen unglaublichen Durst nach den Geschehnissen des Tages zu haben. Er hatte immer nur gelesen.

Eine weitere Frau saß dort in der Nähe zu ihm. Sie war unwahrscheinlich nervös, sie konnte keine Minute still sitzen, sie drehte sich wieder und wieder um, kramte dann in ihrer Tasche, stand auf, setzte sich hin, stand wieder auf.

Es war nicht so, dass sie die anderen in ihrer Ruhe gestört hätte. Am Pool bestand eines mit Sicherheit, deswegen kamen wohl auch alle her, es bestand einfach Ruhe, als ob es ein Stück Welt woanders wäre.

Der Mann, der nicht weit weg von ihm lag, trank immer unwahrscheinlich viel aus seiner Wasserflasche.
Als ob es die größte Freude des Lebens war, dort zu sitzen, etwas abzuwarten um wieder einen Schluck zu nehmen.

Er hatte vielleicht Gin in seinem Wasser.

Auch er war jeden Tag da.

Aber keiner kümmerte sich um den anderen, und so lagen sie alle miteinander da, Tag für Tag, Woche für Woche.

Eine Art Gleichgültigkeit in der Eintönigkeit schien zu herrschen.

Es war immer heißer geworden die letzten Tage.
Er drehte sich wieder auf den Rücken und blickte zum Beckenrand hoch.

Er sah hoch und erblickte das sich wippende Bein.
.
Er sah es immer wieder.

Es hatte ihm auch sehr gut gefallen.
Das Bein war übergeschlagen und hing zum Beckenrand runter, während das zweite Bein ausgestreckt auf der Brüstung des Beckens lag.

Die Sandale löste sich immer von der Ferse und wieder zurück.
Man sah, wie sich ihre Zehen bewegten.

Ihre Beine schienen unendlich lang, mit den hohen Absätzen der Sandale.

Das Bein hoch und wieder runter,
die Sandale zur Ferse und wieder zurück.

Ein wunderbarer Anblick.
Ja, sie war auch immer da gewesen.
Sie saß immer auf der Brüstung des Beckenrandes und blickte mit ihrer dunklen Sonnenbrille in die Sonne.

Sie war älter als er, wohl viele Jahre, doch eines hatte sie nichr verloren, auf keinen Fall ihren Sexappeal.

Er blickte wieder in den Himmel.
Er zählte die Wolken, auch die Flugzeuge, die flogen, dann wieder die Wolken.
Es war heiß, es war Zeit, sich abzukühlen.

Langsam ging er ins Wasser.
Dann steckte er den Kopf unter Wasser und hielt den Atem an.

Es war nichts zu hören, außer dem dumpfen Geräusch des Wassers, das an den Beckenrand plätscherte.

Doch es war auch nicht viel anders als oben, oben wie unten, es war überall die gleiche Stille.
Unten war die Stille dumpf, oben war die Stille von einer gewohnteren Klarheit. Doch die Stille war überall dieselbe.

Er ging wieder aus dem Wasser und setzte sich auf sein Handtuch.
Er setzte seine Sonnenbrille wieder auf und schaute in die Sonne, dann wieder zum Beckenrand.

Der Fuß wippte noch immer hoch und runter, die Sandale zur Ferse und wieder zurück.

Er blickte wieder in den Himmel.
Es waren keine Wolken mehr zu sehen.

Der Fuß wippte hoch und runter.

Er schloss die Augen.
Am nächsten Tag war er wieder gekommen.
Wie an jedem Tag.

Tag für Tag!

Der ältere Mann war wieder da mit der jungen Frau.

Die Frau, die immer nur starrte. Die Zwei, die sich immer umzogen, der, der immer die Zeitungen las, die Nervöse. Natürlich auch der mit dem Gin im Wasser.

Nicht zu vergessen, der Fuß mit der Sandale mit dem hohen Absatz, der immer wippte.

Es waren immer dieselben dagewesen.

Der Tag hatte sich so immer wiederholt.
Jeder Tag war gleich.

Doch es gefiel ihm so, es gefiel allen so, die dort dasaßen.
So war der Tagesablauf, am Becken liegen und in die Sonne schauen.

Sie hatten es alle so gewollt.
Jedenfalls war nie ein anderer dort gelegen.

Er hatte sich wieder umgedreht, vom Rücken auf den Bauch.
Es war noch heißer als am Tag zuvor.

Er zählte die Wolken und die Flugzeuge, blickte wieder auf den wippenden Fuß. Der andere trank noch ein Schluck Gin.
Die Zwei zogen sich wieder um und richteten ihren Blick zum Verlauf der Sonne.
Die Außenwelt gab es nicht mehr.
Die Anwesenden hatten sich weiter nicht beachtet.

Es war einfach zu heiß.
Er ging sich wieder abkühlen.
Eintauchen ins Wasser.
Er holte nochmal Luft.

Er öffnete unter Wasser die Augen, doch er sah nur blau.
Das Blau des Wassers und die Wände des Beckens.

Oben sah er auch nichts mehr.
Nur den Himmel. Der auch blau war.

Es war oben nicht viel anders als unten.
Nur war das Blau oben einfach gewohnter als das Blau
unter Wasser.

Er ging wieder aus dem Wasser und legte sich hin.

Bevor er wieder hoch sah, blickte er noch kurz auf den
Stöckel, dann zählte er wieder die Wolken und Flugzeuge.

Der eine las immer noch Zeitung.
Die Zwei zogen sich um.

Der Ältere hatte zu seiner jüngeren Freundin etwas gesagt,
es war das erste Mal. Die eine Frau starrte weiter in die
Luft.

Tag für Tag dasselbe!

Doch die Villa sah schön aus, das alte Jugendstilhaus war
mit vel Liebe erbaut worden.
Die vielen kleinen Schnörkel an der Fassade. Die große
Liebe zu diesem Heim. War wohl einst Heim für irgend
jemanden. Vielleicht, nicht nur vielleicht, haben viele
Kinder hier gespielt und sind schwimmen gegangen in
diesen Pool!.

Bestimmt gab es glückliche Tage, die das Haus oder wenigstens irgend einer zu erzählen hätte.

Bestimmt viele Geschichten von Liebe und Freude und von Glück!
Doch bestimt genau so viele, und wahrscheinlich noch mehr, von Trauer und Enttäuschung!
Wahrscheinlich, sonst hätte es die Familie wohl nie verlassen..

Er setzte seine Sonnenbrille wieder auf.
Was sollte es ihn interessieren?

Er wollte nur seine Ruhe, wie alle die anderen hier.
Was interessiert die Geschichte eines Hauses!

Er blickte wieder in die Sonne.

Er verdrängte seine Gedanken und blickte auf den auf-und-ab-wippenden Stöckelschuh.

Er drehte sich wieder um , denn die Sonne war heiß.

Am nächsten Tag war er wieder da, der Alte und die Junge, die Frau mit dem Blick, die Zwei, die sich umzogen, der mit der Zeitung, der mit dem Gin und natürlich die ansehnliche Frau mit den hohen Absätzen.

Der Tag war einmal wieder wie jeder andere.
Jeder Tag war gleich.

Er kühlte sich im Wasser ab. Unter Wasser war es nicht anders als über Wasser.

Er kannte die Leute, die mit ihm die Tage teilten, nicht,
doch mit einem war er sich sicher, diese Auffassung teilten
sie mit ihm:
Unter Wasser war es nicht viel anders als über Wasser.

Er war sich nicht mehr sicher, ob er schon immer so
gedacht hatte.
Doch auch diesen Gedanken verdrängte er wieder.

Das Schönste im Leben war es, einfach hier zu sitzen, mit
niemanden zu sprechen und die Wolken zu zählen.

Der eine las Zeitung, die Frau starrte in die Luft, die Zwei
zogen sich um.
Der Stöckelschuh wippte.

Die Sonne wurde immer heißer.
Das Wasser im Becken bewegte sich nicht.

Die Zwei zogen sich wieder um, die andere starrte in die
Luft, ein Schluck Gin, die Zeitung von gestern, von heute
und vielleicht auch schon von übermorgen.

Er blickte tief in die Sonne und auf einmal wurde es ihm
schwindlig.
Er machte die Augen zu und sein Kopf fing an, sich zu
drehen:

„Außen ist es heiß, im Wasser ist es kühl, doch eigentlich
ist es im Wasser auch nicht anders als wenn man nicht im
Wasser ist, denn hoch oben fliegen Flugzeuge durch die
Wolken, wenn nicht gerade eine Wolke sich vor die Sonne
schiebt, so dass es dann dunkler ist, als vorher und die
Sonne nicht mehr so warm ist, wenn die kleinen Kinder
dann in den Pool hüpfen und die Eltern dann aus der Villa
zum Abendessen rufen.

Was man sucht und nicht findet und vielleicht schon einmal hatte und dann doch nicht will.
Und sich freuen auf den nächsten Tag. Auf einen Tag, der anders wäre als der Tag zuvor und der vorherige und der, der kommen würde, und auch nächstes Jahr.
Doch es ist heiß und man sollte einen Schluck Gin trinken und viel Zeitung lesen, um nichts zu versäumen und mit seinem Stöckelschuh wackeln.
Hier zu liegen und immer nur hier zu liegen..."

Auf eimal sammelte er sich wieder.

Er machte die Augen auf und er glaubte, wieder zu sich gekommen zu sein.
Er war kurz verwirrt gewesen!
.
Er setzte sich auf.
Kühlte sich mit einer Hand voll Wasser aus dem Becken wieder das Gesicht.

Er blickte noch einmal um das Becken.
Alles war beim Alten

Der Alte, die Junge, die Zeitung , der Stöckelschuh.

Er war froh, dass alles wieder beim Alten war.
Die Sonne muss ihm einen Schwindel gegeben haben.
Auf einmal war er müde.
Er legte sich wieder auf den Bauch und schlief ein.

Es war heiß.
Die Sonne spiegelte sich im Pool.

Nach einiger Zeit ist er aufgewacht.
Er fühlte sich wieder gut.

Die Sonne war schon etwas gedämpft, denn Wolken waren aufgekommen.
Er blickte noch einmal hoch über den Beckenrand.
Alle waren noch da.

Der mit dem Gin, der mit der Zeitung, die, die sich immer umzogen, die Nervöse...

Doch merkte er plötzlich:
Eine weitere Person hatte sich zum Pool gesellt!

Nach all den Tagen und Wochen war nie jemand anderes gekommen.

Er blickte nochmal hoch. Es war eine junge Frau, etwa in seinem Alter.
Sie hatte, wie er erst erkennen konnte, lange blonde Haare und grüne Augen.

Er konnte sie nur schemenhaft erkennen, da sie genau in der tieferstehenden Sonne am Beckenrand saß.

Er blickte sie genau an.

Er hatte das Gefühl, dass er sie kennen würde.
Das Gefühl ließ ihn nicht los.

Er kniff die Augen zusammen, um sie besser sehen zu können.
Doch genau konnte er sie nicht erkennen.

Er legte sich wieder hin.

Doch er wusste, dass er sie kannte.
Er wollte kurz warten und dann unauffällig an ihr vorbeigehen, um sie richtig anzuschauen.

Es ging ihm durch und durch.

Wer war sie wohl?
Auf einmal wurde er unruhig.
Auf einmal hatte er das Gefühl von Nervosität.

Er kannte doch dieses Mädchen mit den blonden Haaren.
Und wenn es zwanzig Jahre her war. Er wusste, dass er sie
kannte. Ihre Haare waren einfach früher dunkler.
Waren ihre Augen nun grün oder braun?

Er schloss seine Augen.

Er spürte sein Herz klopfen.

Es schoss ihm das Bild eines kleinen Schmetterlings durch
den Kopf.

Seine Lethargie schien auf einmal durchbrochen.
Er wollte aufstehen!

Doch plötzlich schob sich eine große Wolke vor die Sonne
und der Regen kam.

Er kam so schnell, dass er kaum reagieren konnte.
Große dicke Tropfen.

Und bevor er sich umsah, waren sie alle weg.

Der Alte mit der Jungen und die mit dem Blick, der mit der
Zeitung, die Zwei, die sich immer umzogen, der Gin und
das Fräulein mit den Stöckelschuhen

Und natürlich das blonde Mädchen.

Wer war sie gewesen? Hatte er sie wirklich gekannt?

Er war doch als Junge so oft da.

War sie es wirklich?
Sie konnte es doch nicht wirklich gewesen sein?
Aber sie würde bestimmt morgen wieder kommen.
Er war sich sicher.

Er musste sie wieder sehen!

Morgen, dann wie immer!

War sie es wirklich?

Was würde noch passieren diesen Sommer ?

Doch es regnete so, wie es schon lange nicht mehr geregnet
hatte.
Es regnete nicht nur für ein paar Stunden. Es regnete für
Tage und Tage.

Der Sommer schien wohl zu Ende.
Doch dann hörte der Regen auf.

Der Hausmeister hatte am Morgen die Blätter aus dem Pool
gefischt und die Steine wieder sauber gefegt.
Wie gesagt, er hatte sich immer viel Mühe gegeben.

Die Sonne war früh wieder aufgetaucht.
Erst etwas zaghaft ,doch dann in voller Größe konnte man
sie hinter der Villa aufsteigen sehen, in ihrer größten Pracht
und Strahlung

Doch gleichzeitig, als der Hausmeister die Reinlichkeit zu
Ende brachte, war ein kleines Geräusch im Busch zu hören.

Dort, wo der Rasen am Zaun endet, der von den
Steinplatten wegging.

Denn im Dickicht der Büsche und Bäume hatte sich etwas
ganz Kleines geräkelt.

Es war ein kleiner Schmetterling.
Er hatte sich dort die ganzen Tage vor dem Sturm
geschützt.
Er hatte weiße Flügel mit schwarzen Flecken und roten
Punkten darauf.

Erst wackelte er mit dem einen Flügel, dann mit dem
anderen, dann blickte er in die Sonne und flog hoch in die
Luft.

Einfach so

Er hatte viel gelesen in diesem Sommer. Mehr als je zuvor.
Auch viel geschlafen.

Einfach so

Viel getrunken.
Seltsamerweise sogar gut gegessen. Die Leute im
Restaurant unten gaben ihm sogar immer eine extra Portion.

Einfach so

Geschrieben hat er auch. Sogar viel.
Manches wahr, manches nicht. Doch das meiste schon.

Einfach so

Musik gehört. Musik, die kaum sonst einer kannte.
Auch alte Videos geschaut. Die kannte auch keiner.

Einfach so

Sogar spaziert, durch die Stadt
Manchmal sogar lange. Oft in der Sonne gelegen.

Einfach so

Doch geträumt hatte er viel mehr.
Hauptsächlich hatte er geträumt.

Er hat geträumt, geträumt dass sie ihn küsst.

Dann machte er die Augen auf und sie war wirklich da.

Er hatte sie wirklich geküsst.

Und nicht nur einfach so.

Wieder Sommer in der Stadt

„April, Come she will
When streams are ripe and swelled with rain;
May, she will stay,
Resting in my arms again.
June she'll change her tune,
In restless walks she'll prowl the night;
July, she will fly
And give no warning to her flight.
August, die she must,
The autumn winds blow chilly and cold;
September I'll remember.
A love once new has now grown old."

Paul Simon

Sie war nur ein paar Monate geblieben.

Der Sommer ging bald wieder zu Ende.
Die Blätter an den Bäumen verfärbten sich wieder.
Langsam sammelte sich das Laub wieder auf den Straßen.
Die sommerliche Ruhe verschwand allmählich.
Nicht plötzlich, aber irgendwie merkbar.
Die Schwimmbäder schlossen, die Cafes stellten ihre
Tische und Stühle wieder weg von der Straße.
Die Ruhe wandelte sich wieder in Geschäftigkeit.
Der Sommer war wieder zu Ende.

Er musste lange an diesen Sommer denken.

Es folgte der Herbst, dann der Winter und der Frühling.

Und dann kam wieder der nächste Sommer.

Und er wusste, der Sommer war wieder in der Stadt.

Wie gesagt, manche glauben an solche Sachen, manche nicht.
Aber man kann ja darüber nachdenken, wenn man einen kleinen Schmetterling sieht.

Jedenfalls dann, wenn er weiße Flügel mit schwarzen Flecken und roten Punkten hat.

....